羊道

春牧场

李娟 著

SPM 南方传媒 | 花城出版社

中国·广州

图书在版编目（ＣＩＰ）数据

　　羊道. 春牧场 / 李娟著. -- 广州 ： 花城出版社，
2022.9（2024.5重印）
　　ISBN 978-7-5360-9691-2

　　Ⅰ . ①羊… Ⅱ . ①李… Ⅲ . ①散文－中国－当代
Ⅳ . ①I267

　　中国版本图书馆CIP数据核字(2022)第082587号

出 版 人：张　懿
责任编辑：文　珍　周思仪　王梦迪
技术编辑：薛伟民　凌春梅
封面设计：　◆ 棱角视覺
　　　　　　　ANGULAR VISION
插　　画：段　离

书　　名　羊道·春牧场
　　　　　YANGDAO·CHUN MUCHANG
出版发行　花城出版社
　　　　　（广州市环市东路水荫路 11 号）
经　　销　全国新华书店
印　　刷　佛山市浩文彩色印刷有限公司
　　　　　（广东省佛山市南海区狮山科技工业园 A 区）
开　　本　880 毫米 ×1230 毫米　32 开
印　　张　6.75　1 插页
字　　数　120,000 字
版　　次　2022 年 9 月第 1 版　2024 年 5 月第 7 次印刷
定　　价　38.00 元

如发现印装质量问题，请直接与印刷厂联系调换。
购书热线：020 - 37604658　37602954
花城出版社网站：http://www.fcph.com.cn

自 序

多年来我一直在机关上班，并不像绝大多数读者所认为的那样恣意地生活在草原上。而我的前三本书《走夜路请放声歌唱》《阿勒泰的角落》与《我的阿勒泰》也是在循规蹈矩的工作之余写成的，我笔下的阿勒泰，是对记忆的临摹，也是心里的渴望。但是从2007年开始，一切有所改变。

2007年春天，我离开办公室，进入扎克拜妈妈一家生活。2008年，我存够了五千块钱，便辞了职，到江南一带打工、恋爱、生活。同时开始忆述那段日子，一边写一边发表，大约用了三年多时间。从一开始，我就将这些文字命名为《羊道》。最初，有对羊——或者是依附羊而生存的牧人们——的节制的生活方式的赞美，但写到后来，态度渐渐复杂了，便放弃了判断和驾驭，只剩对此种生活方式诚实的描述，并通过这场描述，点滴获知，逐渐释怀。因此，对我来说，这场写作颇具意义。它不但为我积累出眼下的四十万字，更是自己的一次深刻体验和重要成长。等这些文字差不多全结束时，仍停不下来，感到有更多的东西萌动不止。

新疆北部游牧地区的哈萨克族牧民大约是这个世界上最后一支相对纯正的游牧民族了，他们一年之中的迁徙距离之长，搬迁次数之频繁，令人惊叹。关于他们的文字也堆积如山，他们的历史，他们的生产方式、居住习俗、传统器具、文化、音乐……可是，知道了这些，又和一无所知有什么区别呢？所有的文字都在制造距离，所有的文字都在强调他们的与众不同。而我，更感动于他们与世人相同的那部分，那些相同的欢乐、相同的忧虑与相同的希望。于是，我深深地克制自我，顺从扎克拜妈妈家既有的生活秩序，蹑手蹑脚地生活于其间，不敢有所惊动，甚至不敢轻易地拍取一张照片。希望能借此被接受，被喜爱，并为我袒露事实。我大约做到了，可还是觉得做得远远不够。

由于字数的原因，《羊道》分成三本书出版，恰好其内容也是较为完整、独立的三部分，时间顺序为《春牧场》—《前山夏牧场》—《深山夏牧场》。这三本书围绕扎克拜妈妈家迁徙之路上的不同牧场，展示我所看所感的一切。想到能向许多陌生的人们呈现这些文字，真的非常高兴。又想到卡西那些寂静微弱的梦想和幸福，它们本如浩茫山野里的一片草叶般春荣秋败，梦了无痕。而我碰巧路过，又以文字记取，大声说出，使之独一无二。实在觉得这不是卡西的幸运，而是我的幸运。

最后感谢所有宽容耐心地读我、待我的人们，谢谢你们的温柔与善意。我何其有幸。

李 娟

2012年6月

再版自序

《羊道》已出版五年。五年来它沉默漫延，持续成长。在读者那里收获了越来越丰富的情感与内涵，渐渐稳足于世间的洪流。这是我的骄傲，也令我羞愧。这五年里的自己却依然人生混乱，不得安宁。

不知这五年来，扎克拜妈妈一家又怎么样了。2010年左右，当我还在阿克哈拉村生活的时候，我们两家人还时不时见面。那时沙阿爸爸已经过世，斯马胡力已经结婚。卡西美梦成真，终于又回到校园，成为一名学生。到了2011年，也就是这一系列文字出版前夕，我的家庭迁至阿勒泰市，从此少有联系。五年来，每每回想与扎克拜妈妈一家的际遇，如大梦一场，无所凭恃。

藉由这次再版前的审阅工作，我又重返十年前那场漫长又寒冷的夏天。突然间所有生活细节历历在目，所有当时情绪重新漫过头顶。我逐字逐句摸索，像在阳光下富裕而从容地翻晒自己压箱底的珍宝。又像在字里行间涉水前行。身心沉重饱满。我为这部文字修正出更为整洁流畅的面目的同时，也通过这场阅读修护了信心。仍然骄傲，仍然羞愧。

这一版《羊道》有较多改动。剔除了文字与语法上的大量错漏——过去的五年，至少有五十个读者通过各种渠道帮我纠过错。这就是之前提到的"羞愧"之一吧……此外还梳理了叙述上的混乱与毫无耐心。此外，拖沓的节奏，赘复的情节，轻率的判断……所有这些毛病都努力进行了修改与调整。可能仍没能做到最好，但这一版《羊道》绝对是我最有信心，也最渴望重新呈现给大家的作品。我相信它经得起更长久的阅读。这也是之前提到的骄傲之一。

实际上我对这个系列的文字有着更复杂的情感。这场书写并不是一时的兴致，下笔之前已为之准备了多年。当我还是个八九岁的孩子，就渴望成为作家，渴望记述自己所闻所见的哈萨克世界。这个世界强烈吸引着我，无论过去多少年仍念念不忘，急于诉说。直到后来，我鼓足勇气参与扎克拜妈妈一家的生活，之后又累积了几十万文字，才有些模糊明白吸引我的是什么。那大约是这个世界正在失去的一种古老而虔诚的、纯真的人间秩序……——难以概括，只能以巨大的文字量细细打捞，使之渐渐水落石出。

常被人问起：如何进一步融入哈萨克世界？……对此感到无奈。我不愿因为写了许多此类文字而被打上"哈萨克"标签，也无力为如此巨大的事物代言。我真心喜欢这个民族，在我的真心面前，"融入"这种词汇太肤浅，太轻率。"融入"只能是血统与漫漫时间的事情。而我力量单薄，意志脆弱，今生今世只能作为哈萨克世界的一个匆匆过客。面对这个壮阔纯真的世界，我所能付出的最大敬意只能是与之保持善意的距离。

总之，《羊道》再版了。今后它将去往更远的地方，遭遇更多的阅读。远未能结束。想起当初写这些文字，写到最后时，一时间也无法令其结束。只好匆匆刹笔，勉强止步。我猜这是它自身的意志。它诞生于我，却强大于我。它收容我所有混乱、模糊、欲罢不能的心思，将其分摊进数十万字的庞大细节中，一点一点为之洗净铅华。我已分不清这是写作的力量，还是文字自身的力量。永远骄傲，永远羞愧。

2016年1月

三版自序

一转眼，这本书出版了十年，这些故事发生了十五年。

每次作品再版前的校阅工作，是错漏之处的梳理，也是一场新的阅读与思考。感谢每一次再版的机会和重读的机会。若放在平时，已经完成的作品真的是再也不想翻开了。

第三版除了一些错字病语，最多的改动是添加了一些补充说明。因为这十年来，总是有读者置疑一些细节问题，才发现自己的表述很多时候都有问题——过于口语化，随意散漫，容易产生歧义。所以在这一版，涉及地域特殊性和文化特殊性的部分，会作一些更细致的说明。

还有几处补充，则是自己多年后才想明白的地方。比如第三部《深山夏牧场》里的《擀毡》。在我最初的写作里，此文毫不掩饰对恰马罕的嫌弃，觉得这人挺能摆谱。多年后重读，发现自己可能有所忽略。当时的他，刚结束长达半个月的温泉之行——我们当时的牧场附近有较大规模的一处温泉，当地牧民有泡温泉的习俗，用来治疗各种疾病。因此，他很可能有身体上的不适，才无法参与劳动。而自己不作了解就胡乱下结论，武断又刻薄，感到很丢脸。所以十年后，我把这种猜测也添加进去。

第三版还有很少的一些字词变动，实际上只是改回最初的版本。第二版的出版方严格遵照出版物的相关语言文字规范和标准，对第一版做了一些修改。比如，把羊群的"漫延"改为了"蔓延"。可我认为，同样是描述事物的延展状态，"蔓延"更适用于植物生长般的枝状形态，而"漫延"则为液体的延伸形态。显然后者更适用于羊群大面积的移动。同样，两支羊群相遇，我使用的词是"汇合"，但二版中都被改为"会合"。我觉得后者不能贴切表现两支羊群相遇后参差交融的状态。再比如，"至高点"一律被改为"制高点"。这两个词都有"最高处"的意思。但"制高点"是军事用语，意境单一，用在寻常文字中就显得突兀。还有"披风沐雨"一词，也没有什么别字，没必要非得改为"栉风沐雨"。

其实这些细微之处，改不改的可能对阅读没多大影响。但我在这方面实在有强迫症，眼里容不得沙子。汉语丰富多彩，文学语言更是灵活多变，生机勃勃。如果有一天，文学表达真的被"统一"，被硬性规范化，必将渐渐失去活力。难以想象……

另外，在第二版中，我的"二版序"被以"给读者的一封信"的形式编入书中，在第三版中改了回来。还需解释的是，很多读者误认为那是我的"亲笔信"。其实不是的，我的字超丑的，哈哈。

这一次再版，额外想提一下怀特班——被我们抛弃在春牧场上的小狗。那段描写引起许多读者不适，不断发来谴责。他们认为我和我所在的游牧家庭太残忍太自私，没有尽到救助的责任。为此我也曾努力解释过，反复强调当时的危险境地。在第二次出版时，我还增加了更细致的说明。却仍不能让他们释怀。我想，有些东西真的是无法沟通的。但是作家就是帮助沟通的角色，在不同的生存状态和生存文化之间凿空。我不能做到最好，曾经有些沮丧。这次重新读到这一段，突然就释怀了。这些故事里大量提及生存的严酷，是绝大多数读者所陌生的，可能也是刺激他们阅读的因素之一。那样的严酷，大家也许会为之感慨，却无人能够接受吧。在平稳舒适的生活中呆久了的人们，难免以为平稳舒适就是理所当然的。实际不是的。这个地球上绝大多数的人类仍在受苦，如一句网络热议："他们活着就已经用尽全力。"所以，针对他们的道义上的指责也许只是侥幸出生在优渥环境中的人们的矫情吧。

还有图片问题，很多读者都希望能出一个图文版的。我的确保存了大量关于那段生活的照片。但由于图片品质、肖像权问题及其他原因，可能不太适合发布。我也希望有朝一日能分享它们。

关于这部作品，还有许多的感慨，但说出来总觉得轻浮。那就这样吧。

感谢远方平凡的人们和他们平凡而努力的生活。感谢平凡美好的每一位读者。感谢平凡的，软弱的，愿意改变也有所坚持的自己。

2022年4月

目 录

吉尔阿特和塔门尔图

吉尔阿特和塔门尔图

荒野来客

在吉尔阿特，哪怕站在最高的山顶上四面张望，也看不到一棵树，看不到一个人。光秃秃的沙砾坡地连绵起伏，阴影处白雪厚积。遥远而孤独的羊群在半山坡上缓缓漫延，倾斜的天空光滑而清脆。吉尔阿特的确太荒凉了，但作为春牧场，它的温暖与坦阔深深安慰着刚从遥远寒冷的南方荒野跋涉而来的牧羊人们的心灵。

还不到五月，卡西就换上了短袖 T 恤，在微凉的空气中露出了健康明亮的光胳膊。我们拎着大大的编织袋去南面山谷里拾牛粪。我们小心地绕过沼泽，沿着山脚陡峭的石壁侧身前行。

阳光畅通无阻地注满世界。荒野的阴冷地气在阳光推进下，深暗而沉重地缓缓下降，像水位线那样下降，一直降到脚踝处才停止。如坚硬的固体般凝结在那个位置，与灿烂阳光强强对峙。直到盛大的六月来临，那寒气才会彻底瘫软、融解，深深渗入大地。

无论如何，春天已经来了。白色的芨芨草枯丛中已经扎生出纤细绿叶，大地上稀稀拉拉地冒出了有着点状叶片的灰蒙蒙的野草。尤其是低处的水流和沼泽一带，远远看去甚至已涂抹了成片的明显的绿意。但走到近处会发现，那些绿，不过是水边的苔藓。

流经我们驻扎的山坡下的那条浅浅溪流就是从这条山谷的沼泽中渗出的。由于附近的牲畜全在这片沼泽边饮水，山谷里的小道上和芨芨草枯草丛中遍布着大块大块的牛马粪团。我们一路走去，遇到看上去很干的，先踢一脚，其分量在脚尖微妙地触动了一下，加之滚动时的速度和形态，立刻能判断它是否干透了。干透的自然拾走。没干透的，那一脚恰好使它翻了个面，潮湿之处袒曝在阳光下，加快了最后的潮气的挥发速度。于是，在回去的路上或者第二天路过时，再踢一脚就可以把它顺手拾起丢进袋子里了。

有时候踢翻一块牛粪，突然暴露出一大窝沸沸扬扬的屎壳郎，好像揭开了正在大宴宾客的宫殿屋顶。屎壳郎的名字虽然不好听，其实还算得上是漂亮可爱的昆虫。它有明净发亮的甲壳和纤细整齐的肢爪，身子圆溜溜的，笨拙而勤奋。相比之下，张牙舞爪、色泽诡异的蝎子之类才让人畏惧而不快。

每当卡西踢翻一块大大的干牛粪看到那幕情景，总会夸张地大叫。指给我和胡安西看，然后冲它吐口水。

越往下走，我们三人彼此间离得越远。肩上扛的袋子也越来越沉重。我走到一块大石头边放下袋子休息了一会儿。抬头环顾，在沼泽对岸看到了卡西，她正躺在明亮阳光下的空地上休息。她的红T恤在荒野中，就像电灯泡在黑夜里一样耀眼。离她不远处，男孩胡安西手持一根长棍往沼泽水里捅来捅去地玩，他后脑勺两条细细的小辫在风中飘扬。

半个小时后我们扛着各自鼓鼓的大袋子会合，走上回家的路。胡安西也背了小半袋，劳动令这个六岁的孩子像个真正的男子汉一样沉静而懂事。他一声不吭走在最后面，累了就悄悄靠在路边石头上休息一下。

快到家的时候，我和卡西在半坡上站定了，回头看，胡安西仍在视野下方远远的荒野中缓缓走着。孤零零的，小小的一点点儿，扛着袋子，深深地弓着腰身。

坡顶上，我们的毡房门口，亲爱的扎克拜妈妈蹲在火坑边。她扒开清晨烧完茶后的粪团灰烬，搓碎一块干马粪撒在上面，俯下身子连吹几口气。很快，看似熄透了的灰烬如苏醒一般在粪渣间平稳升起几缕纤细的青烟。她又不慌不忙盖上几块碎牛粪。这时，大风悠长地吹上山坡，烟越发浓稠纷乱。她再猛吹几口气，透明的火苗轰然爆发，像经过漫长的睡眠后猛地睁开了眼睛。

我连忙赶上前放下肩上的袋子，将今天捡到的所有牛粪倾倒火坑边。妈妈拾捡几块最大的，团团围住火焰。一束束细锐锋利的火苗从干燥的牛粪缝隙中喷射出来。妈妈在火坑上支起三脚铁架，调好高度，挂上早已被烟火熏得黑糊糊的歪嘴铝壶。

就是在这一天，可可走了，斯马胡力来了。

毡房后停着两辆摩托车和一匹白蹄黑马。骑摩托车来的除了斯马胡力，还有扎克拜妈妈的二女儿莎勒玛罕及丈夫马吾列一家。骑马来的则是卡西的一个同学。

我和卡西洗手进毡房之前，把又脏又破的外套脱下来塞进缠绕在毡房外的花带子缝隙里，再从同样的地方抽出一把梳子拢了拢头发，取下发夹重新别了一遍，还互相问一问脸脏不脏。

明明只来了四个客人和两个孩子，却顿觉房间里挤得满满当当。大家围着矮桌喝茶，食物摊开满满一桌子。可可缩在堆叠被褥的角落里翻看相片簿，两个小孩子跑来跑去。还有一个跑不利索的婴儿端端正正地靠着矮桌号啕大哭。

我们在吉尔阿特唯一的邻居阿勒玛罕——扎克拜妈妈的大女儿、胡安西的妈妈——也过来帮忙了。此时她正斜偎在巨大的锡盆边大力揉面，说要做"满得"招待客人。"满得"其实就是包子一样的食物。

昨天，妈妈和阿勒玛罕去了北面停驻在额尔齐斯河南岸的托汗爷爷家喝茶，带回了好几块宴席上吃剩的羊尾巴肥肉，煮得腻白腻白。另外还有好几大片厚厚的、浮在肉汤上的白色凝固油脂。当我得知阿勒玛罕要把这些好东西剁碎了做包子馅时，吓得一声不吭，暗暗决定等吃饭的时候一定要突然嚷嚷肚子疼。

但真到了包子热气腾腾出锅的时候，就顾不了那么多了，在拼命忍抑的情况下还是不知不觉吃了三个……边吃边极力提醒自己：嘴里正嚼的是白白的肥肉，腻汪汪的羊油……一点儿用也没有。

想在荒野里抗拒食物，几乎不可能——在荒野，但凡能入口的东西总是发疯似的香美诱人，枣核大的一截野生郁金香的根茎所释放的一点儿薄薄的清甜，都能满满当当充填口腔，经久不消。

饱餐之后人们总会心生倦意。大家在花毡上或卧或坐，很少交谈。

卡西的同学是东面五公里处的邻居，前来认领自家失群的羊羔。这小子坐在上席，一声不吭地吃这吃那，把可可放羊时从悬崖上摘回的一大把野葱吃得只剩三根。

昨天傍晚我们赶羊归圈时，发现多出了一只羊羔，可可就把它单独拴起来。今天出去放羊时他散布出这个消息，中午失主就找上门了。

那只怒火万丈的褐色羊羔就拴在毡房门口。一看到有人靠近，就立刻后退三步，两只前蹄用力抵住地面，做出要拼命的架势，并偏过头来紧盯对方膝盖以下的某个部位。我走过去一把扯住它细细的小蹄子拽过来，抚摸它柔软的脑门和粉红的嘴唇。它拼命挣扎，但无可奈何。

我搂着羊羔向远处张望，一行大雁正缓慢而浩荡地经过天空。等这行雁阵完全飞过后，天空一片空白，饥渴不已。很快又有两只鹤平静而悠扬地盘旋进入这空白之中。

后来又来了三只。共五只，经久不去。

我早就知道可可要离开的事情，他的妻子再过两个月就要分娩。去年初冬，当南下的羊群经过乌伦古河南岸的春秋定居点阿克哈拉时，这夫妻俩就停留下来，为了养胎，没有继续深入艰苦的冬牧场。今年春天羊群北上时，可可才暂时离开妻子，帮着家人把羊群赶往额尔齐斯河北岸的春牧场。这次前来代替可可放羊的是斯马胡力，可可的弟弟，扎克拜妈妈的第四个孩子，刚满二十岁。接下来这个夏天他作为家里的唯一男性，将成为我们的顶梁柱。

这小子一到家，和客人寒暄了两句，就赶紧掏出随身带的旧皮鞋换下脚上的新皮鞋，然后坐在门口不胜爱怜地大打鞋油，忙个不停。

我很喜欢可可，他害羞而漂亮，脸膛黑黑的，又瘦又高。记得第一次见面时，我迷了路，已经在荒野里独自转了半天。当我爬到附近最高的山顶上，远远的，一眼看到对面山梁上骑着马的可可时，一阵狂喜。我拼命挥手，大声呼喊，激动得不得了。但心里又隐隐害怕，毕竟这荒山野岭的……其实可可是善良的，他永远不会伤害别人。另外这片空旷无物的荒野本身就充满了安全感。生存在这里的牧人都有着明亮的眼睛和从容的心。

后来才知道这并不是我们第一次见面。在很多年的冬天里，可可常去我家杂货店里买东西。他能记得我，我却总是糊里糊涂的。而就在这次见面前不久，我还去了他位于阿克哈拉定居点的家中拜访他和他的父亲沙阿，当时还和他面对面坐着喝茶，说了半天话。

——可那会儿，我却冲上山梁，笔直冲向他，大喊："老乡！请问这条路去往可可的房子吗？老乡！请问你认识可可吗？"……

至于前来的二姐夫马吾列一家，他们开着一个流动的小杂货店，已经在额尔齐斯河北岸驻扎了快一个月。这次是来送面粉并道别的。三天后，他家杂货店就要出发进入夏牧场了。我们则还要再等一个月才走。

马吾列姐夫人高马大，头发刚硬，面无表情。家里两个孩子都长得像他，有事没事统统吊着脸。

下午太阳偏西的时候，马吾列一家才起身告辞。莎勒玛罕用大衣把三岁半的玛妮拉裹得刀枪不入，稳稳当当架在摩托车后座上，再把一岁半的小女儿阿依地旦紧紧揽在怀里。在我们的注视下，一家四口人一辆车绝尘而去。

斯马胡力也是骑摩托车来的。从阿克哈拉过来，得穿过阿尔泰前山一带的大片戈壁荒野，再经过县城进入吉尔阿特连绵的丘陵地带。我也曾坐摩托车走过那条荒野中的路。八个多小时，迷了两次路，顶着大风，被吹得龇牙咧嘴。到地方后一照镜子，发现门牙被风沙吹得黑糊糊的，板结着厚厚的泥垢。刘海像打了半瓶发胶一样硬如钢丝。

此时，可可也将沿那条路离去，把摩托车再骑回阿克哈拉。

我们站在门口，看着他骑着摩托车绕过毡房，冲向坡底。经过溪水时溅起老高的水花。很快，一人一骑消失在北面的山谷尽头，只剩摩托引擎声在空谷间回荡。

客人散尽的吉尔阿特，寂静得就像阿姆斯特朗到来之前的月球表面。当然，客人还在的时候也没有掀起过什么喧哗。

自那天起，大约半个多月的时间里我们再没见过其他人了。直到一天清晨，一支搬迁的驼队远远经过山脚下的土路。

我和卡西站在毡房门口看了半天。这支队伍一共有三匹马，三峰负重的骆驼，一架婴儿摇篮和一只狗。羊也不多，大大小小百十只。看来是一个刚分出大家庭不久的小家户。

早在前天，斯马胡力放羊回来，在晚餐桌边就告诉了我们：南面牧场的某某家快要转移牧场了。于是这两天扎克拜妈妈一直等着他们经过，还为之准备了一点点儿酸奶。

春牧场上母牛产奶量低，又刚接了春犊，几乎没什么奶水可供人食用。其实从冬天以来，扎克拜妈妈家就很少喝奶茶了。平时我们只喝茯砖煮的黑茶，只在茶里放一点儿盐。餐桌上也没有黄油了，只有白油（用绵羊尾巴上的肥肉提炼出来的凝固油脂）可供抹在馕块（干面包，我们的日常主食）上或泡进茶里食用。难得某一天能往黑茶里加一点点儿牛奶。尽管这样，妈妈还是想法子省出了一些奶，做成了全脂酸奶。

那天，看到驼队刚出现在南面山谷口，妈妈就转身回毡房。她解下头上绿底紫花的棉线头巾重新扎了一遍，换了一件干净体面的外套。再拧下暖水瓶的塑料盖，从查巴（发酵酸奶的帆布袋）里小心地倒出了大半盖子酸奶。然后端着出门走下山坡，远远前去迎接。

我和卡西一直站在门口远远看着，看到队伍缓缓停下来。

马背上的人接过妈妈递上的暖瓶盖子，喝几口酸奶再递还给妈妈。妈妈又将它送向另一匹马上的人。这个暖瓶盖子在马背上的三个人之间传来传去，直到喝空为止。寒暄了几句，他们就继续打马前进。妈妈也持着空盖子往回走。但她走到半坡上又站住，转身目送队伍远去，直到完全消失在土路拐弯处的山背后。

给路过自家门口的搬迁驼队准备酸奶，是哈萨克牧民的传统礼性。黏糊糊的酸奶是牛奶的华美蜕变，又解渴又充饥。对于辛苦行进在转场途中的人们来说是莫大的安慰。

妈妈回来后对我们说："我们也快要搬啦。吉尔阿特，哎——吉尔阿特！"

我问卡西："我们下一个牧场在哪里？"

"塔门尔图。"

"远吗？"

"很近，骑马一天的时间。"

"那里人多吗？"

"多！"她掰着指头列举，"有爷爷家，还有努尔兰家……还有……"

又想了半天，却说："没了！"

我一听，总共也就两家邻居嘛。不过总算比吉尔阿特强些。吉尔阿特只有阿勒玛罕一家邻居，之间还隔了一座小山。

我又高兴地问："我们会在那里住多久呢？"

"十天。"

我气馁。

"多住几天不行吗？"

"那里羊多得很，草也不好。"

我心想：那不就和现在的吉尔阿特一样吗？何必再搬？尽管如此，还是非常向往。

在吉尔阿特的生活，寂静得如漂流在大海上。海天一色，四面茫茫。

但有一天，喝上午的第二遍茶的时候，山谷里突然回响起摩托车的声音。于是漂流在茫茫大海中的我们总算发现了一点点儿岛屿的影子。大家赶紧一起跑出门去。果然，看到两辆摩托车在荒野中远远过来了。我们站在坡顶，注视着他们来到山脚下，把车熄了火，停放在水流对面，然后两人一起向坡上走来。

妈妈说："是汉族，收山羊绒的。"

我们家有二三十只山羊。这个季节刚刚梳完羊绒，用一个装过面粉的口袋装着，有大半袋呢。上次马吾列姐夫来的时候，拼命往袋子上浇热茶，希望它们能吸收潮气变得沉重一些。妈妈大声呵斥他，但并没有真正地阻止。

但是这天这笔生意没做成，价钱始终谈不拢。两个汉族人茶也没喝就走了。我们又站在老地方目送他们离去。

妈妈说："羊绒、羊毛，越来越便宜了！油啊面粉啊，越来越贵！"

但我觉得，哪怕羊绒真的越来越便宜了，那些深入荒野做这种生意的人仍然很辛苦。何况他们大约还不知道绒上浇过水。

（嗯，后来，这袋山羊绒到底还是卖给干坏事的马吾列了……）

就在那天之后的第二天上午，我和卡西干完家里的活，一起去唯一的邻居阿勒玛罕大姐家串门子。我俩翻过西面的小山，沿着纤细寂静的土路在荒野中走了好一会儿。土路尽头就是阿勒玛罕家低矮的石头房子，旁边是更加低矮的石头羊圈。因为年年都会使用这块牧场，他家便在牧场上搭建了这两处"不动产"。不像我家得扎毡房生活。

门框狭矮。低头一进门，意外地看到了两个从没见过的女孩子，都是细白的肤色，一看就不是牧区的姑娘。一问，果然是北面额尔齐斯河南岸一带村庄里的农民孩子，与阿依横别克姐夫有亲戚关系。大的十二三岁模样，小的八九岁。据说两人一大早就徒步出发，走了十几公里的山路呢。

哈萨克人上门做客通常都是郑重的事情。哪怕两人还是孩子，也带有礼物：一块用旧的软绸包裹的风干羊肉和几块胡尔图（脱脂酸奶制作的干奶酪，汉族人称之为奶疙瘩）。

大家都对那个小一点儿的，叫作"阿依娜"的孩子赞不绝口。她一副机灵的样子，五官俊俏，寸把长的短发漆黑油亮。所有人都没完没了地夸她头发好，黑得根本不用染。

不知为什么，很多人的头发明明是黑色的，还要继续往黑里染。我家杂货店里廉价的染发剂"一洗黑"特畅销，一年四季卖个不停。

其实，我觉得大一点儿的那个叫"哈夏"的孩子更漂亮。她的眼睛乍一看是浅灰色的，仔细看却是淡蓝色，做梦一般轻轻眙着，动人极了。肤色较之阿依娜更浅一些。头发是浅褐色的，柔顺光滑地编成两支细细的辫子。

两个孩子规矩得不得了，并排静静坐在床榻上。礼貌、拘谨，一声不吭。对大人的提问也只压着嗓子简洁仔细地回答一两句。显然，她俩对我的存在也同样惊奇不已，不时偷偷地打量我。

一般来说，农民没有牧民那么辛苦，但比起牧民来穷困多了。但这两个孩子面对阿勒玛罕家铺满餐布的食物，每样只尝一次，无论看上去多么诱人。

阿勒玛罕还特意为两个小客人焖了手抓饭，像招待真正的大人那样郑重。热气腾腾的一大盘白米饭端上来后，大家赶紧七手八脚拨开餐布上的其他食物，腾出地方来放这只大盘子。可是，哪怕面对如此香喷喷热乎乎的新鲜抓饭，两个孩子也只吃了不到十勺。而且吃得很整齐，只在冲着自己那面的盘沿边挖了浅浅一道弯。

其实在我们家里，女性也吃得不多。我、妈妈和卡西，我们三个人几乎只吃全部主食的一小半，剩下一大半全是斯马胡力一个人的。

要是觉得不饱的话，我们三个就多多地喝茶，用茶水泡硬馕块吃。

大约因为家庭里的男人总是最辛苦的，一定要由着他吃好吃饱。

我不知道这是不是普遍现象。不知道这是不是这个民族传统女性特有的节制与矜持。

饭后大人离开，屋里就只剩姑娘们了。女孩哈夏从口袋里掏出一大把均匀的小石子，粒粒都只有指头大。大家开始玩抓石子。气氛顿时轻松多了。

我小时也很痴迷这种游戏，但因为太笨了，没人肯和我玩。惭愧的是，二十年过去了仍没啥长进。一轮下来，就输得干干净净，只好看着大家玩。

由于实在丢人，我便努力解释："我的手太小了嘛！"并且把手伸出来给她们看——这就是为什么我一次顶多能抢握三粒石子的原因。

但阿依娜立刻也把手伸出来和我比。她的手和我一样大，但她一次能抓七八粒……

真是没面子。我只好声色俱厉地说："坏孩子！太坏了！"大家哈哈一笑谁也不理我。

石子抓得比我多倒也罢了，下午背冰的时候，两个孩子居然也背得比我多！

沼泽里渗出那道薄薄的水流很难采集，并且太浑浊，只有牲畜才去饮用。在吉尔阿特，能供我们食用的水，只有山体背阴面褶隙处堆积的厚厚冰层。我们得用斧头把冰一块一块砍下来，再背回家化开。取用最近的冰源得翻过一个山坡，再顺着山谷一直走到西南面的山梁下。

就算是客人，赶上劳动的时候也得参与。两岁多的沙吾列在我家吃过晚饭后，还得帮着赶羊呢。

人多背冰倒是蛮愉快的事。加上阿勒玛罕和胡安西，我们此行六个人。砍冰的时候，一人抢斧头来那么一下子，冰屑满天，大家叽叽喳喳、躲躲闪闪、推推攘攘。不时有人在坚硬的冰层上滑倒，再顺着冰的大斜坡一路溜下去。运气不好的话，会一直溜到断层处再高高摔下地面，引起哄然大笑。两个小姑娘这时才表现得像孩子的模样——又跳又叫，又唱又笑，越是最危险的地方，越是憋足了劲地疯闹。

第二天，我和卡西再次去背冰的时候，冷冷清清地走在同样的山谷里。互相叹息道：还是人多好啊，为什么我家不来客人呢？

扛着冰回去的路上，又气喘吁吁地互相哀叹：还是人多好，跑一趟抵我俩跑好几趟的……

似乎除了我们两家前来背冰的人，这段山谷就再也没有别人经过了。有时候走着走着，卡西就会捡到一枚自己去年春天遗落在路边的塑料发卡。

山谷里唯一的一条小道也时断时续，若有若无。这条山谷是个死胡同，尽头堵着厚厚的冰层。

一靠近山谷尽头，还有几十步远的时候，就能感觉到寒气扑面。再走几步，转过一块大石头，"哗"的一下子，视野里铺满了又白又耀眼的冰的世界！冰层上还盖着凝固得结结实实的残雪。

冰层边缘截然断开，像一堵墙那样高高地耸立面前。靠近地面的部分已经在春天暖和的空气中蚀空，一股晶莹的水流从那里流出。流出十几步远后，消失在山脚下的石堆缝隙里。

我们互相托扶拉扯着爬上高高的冰层。往前走几步，沿着山坡的走势向左拐一个弯，视野中出现了一面更为巨大的冰的斜坡，自南向北拖拽下来。

卡西从冰层边缘靠着山体的石缝里摸出来一把又大又沉、木柄又长又粗的斧头——真好，在一个从来也不会有人经过的地方，只要你记性够好，东西塞哪儿也丢不了。她用斧刃刮去冰层上有些脏了的残雪，然后一下一下地砸击脚下幽幽发蓝的坚硬冰层。一道道白色裂隙不断加深，一团团脸盆大的冰块塌下来，冰屑四溅。她不时停下来，拾一小块碎冰丢进嘴里咔啦咔啦地嚼。这是孩子们在吉尔阿特不多的零食之一。

我则帮着把砍开的冰块一一装进袋子。不一会儿手指就冷得发疼。

就在这时，一抬头——像遇见鬼似的！——在天空与冰雪的白蓝两色单调世界里，居然出现了一个漂漂亮亮、整整齐齐的小姑娘！

只见她正小心翼翼地在上方冰层尽头一步一滑地往下蹭着行进，手挽一只亮晶晶的皮包。

我和卡西一时没回过神，都停下手里的动作，呆呆看着她越走越近。好一会儿后，卡西像突然才想起来似的，叫出了她的名字，主动打起招呼来。那姑娘漫不经心地答应一声，继续险象环生地往下蹭。她的鞋跟太高了。

直到走到跟前我才看清，她之所以给人以"漂漂亮亮"的印象，其实大部分只是衣饰的漂漂亮亮：黑色闪光面料的外套里面是宝石蓝的高领毛衣，脖子上挂着大粒大粒的玛瑙项链，左右耳朵各拖一长串五颜六色的塑料珠子。头发纹丝不乱（此时此刻的我和卡西都呲毛乱炸），后脑勺两边对称地别了一对极其招摇的大蝴蝶发夹。辫梢上缠着一大团翠绿色金丝绒发箍。花毛线半截手套，露出的手指上一大排廉价戒指。刚打过油的高跟鞋。浑身香气冲天，一闻就知道用的是一种名叫"月亮"的小蓝瓶香水。这种香水已经在我们当地的姑娘媳妇间流行了二十多年，同时还可用作驱蚊水……

　　如此拼命的架势，若是出现在城里的话会显得很突兀很粗俗的。但在荒野里——荒野无限宽厚地包容一切，再夸张地打扮自己都不会过分。哪怕从头到脚堆满了花，也仅仅只是"漂亮"而已——怎能说不漂亮呢？人家从头到脚都堆满花了。

　　只见两个姑娘没完没了地互相问候。然后在有限的时间里迅速互通有无，分享各自最新见闻：谁家新近搬到了附近，谁家的女儿去阿勒泰上学，谁家小伙和谁家姑娘好上了……

　　我在旁边细心打量那姑娘。她脸蛋上涂着厚到快要板结的粉底，但是涂到耳朵附近便戛然而止。嘴唇上也不知反反复复抹了多少遍口红，以至于门牙都红了。就冲这股认真猛烈地打扮的劲头，也绝对能给人留以不折不扣的"漂亮姑娘"印象。至于她本来长得啥样儿，谁都不会注意到。

接下来我们同行了一段路。在岔路口分手后，我和卡西一边哼哧哼哧扛着冰走在上坡路上，一边议论这个去北面牧场亲戚家做客的姑娘。原来，她之所以不辞辛苦翻越冰达坂，是因为另一条路漫长而多土。

怎么可以走土路呢？她的衣服多新啊，皮鞋多亮啊，头上又浇了那么多头油！

卡西无限向往她的包包和外套，而我则决心要学她那样刀枪不入地化妆。我俩佝偻着肩背，气喘吁吁爬到山顶最高处时，不约而同地停下来回头张望。看到那姑娘还在下方光秃秃的山谷里无限美好地锦衣独行，寂寞，又满携热烈的希望。

小小伙子胡安西

胡安西六岁，光头，后脑勺拖了两根细细的小辫，乱七八糟扎着红头绳。他的妈妈阿勒玛罕说，这个秋天就要为他举行割礼了，到时候小辫子就会咔嚓剪掉。

再任性调皮的孩子，有了弟弟妹妹之后，都会奇异地稳重下来。胡安西也不例外。平时胡作非为，但只要弟弟沙吾列在身边，便甘愿退至男二号的位置，对其百般维护、忍让。当沙吾列骑在胡安西肚子上模仿骑马的架势，前后激烈摇动时，胡安西微笑着看向弟弟的目光简直称得上是"慈祥"。

沙吾列还小，大部分时间都得跟在妈妈阿勒玛罕身边。胡安西却足够大到能自由行动了。他每天东游西窜，毫不客气地投身大人们的一切劳动，并且大都能坚持到底。这让人很不可思议。我见过许多城里孩子，手头的事做烦了，随手一扔便是，不需任何理由。好像他们知道小孩子无须背负"责任"这个东西，好像他们都懂得熟练行使小孩子的权利。而胡安西只有六岁，在这方面就已经具备成人心态似的——似乎他已经深知"放弃"即是"羞耻"。他已经有羞耻感了。很多时候都能感觉到，他总会为自己不能像大人那样强壮有力而困惑，并且失落。

无论如何，他毕竟只是个孩子啊，同其他孩子一样，也热衷于幻想与游戏。爸爸的一把榔头到了他手里，一会儿成为冲锋枪叭叭叭地扫射个不停；一会儿成为捶酸奶的木杵，在空空如也的查巴袋里咚咚咚地又搅又捶；很快又成为马，夹在胯下驰骋万里。

胡安西家没住毡房。前面说过，在吉尔阿特荒野，他家有现成的石头房子，已经使用多年。说是"房子"其实很勉强，只是四堵不甚平整的石头墙担着几根细椽木的简陋窝棚而已。椽木上铺着厚厚的芨芨草，再糊上泥巴使其不漏雨，就算是屋顶。面积不到十平方米，又低又矮。屋里除了占去大半间房的石砌的大通铺外，再没有任何家具。灶台简陋，墙上只挂了一张红色旧薄毯，再没有其他装饰物。家里最重要的东西塞在房顶的椽木缝隙里，分别是：户口簿、结婚证和兽医填写的牛羊疫苗注射情况表格。

屋外是空旷单调的山谷空地，四面环绕着光秃秃的矮山。石头羊圈紧挨着石头房子。

然而这样简陋寒酸的家对于小孩子胡安西来说，已经足够阔绰丰富了。爸爸每天都出去放羊，妈妈总是带着小弟弟干活、串门子。胡安西便常常一个人待在家里，挎着他的榔头冲锋枪四处巡逻。一会儿钻进羊羔棚里，从石头墙内冒出一点点儿脑袋和一杆枪头，警惕地观察外面的情况；一会儿大叫着冲过山谷实施突袭，给假想中的目标一个措手不及。

他嘴里念念有词，爬上羊圈的石墙，从高处走了一大圈。再从斜搭在石墙上的木头上小心翼翼蹭下来，然后匍匐前进。爬上石头堆，再爬下石头堆。总之历经千山万水来到家门口。神色凝重，耳朵紧贴地面聆听一会儿。然后飞身扑向木头门，一脚踹开，持枪叭叭叭一顿扫射，屋里匪徒全都毙命。但他丝毫没有放松警惕，侧身闪进屋里，跳上大通铺，扑向小小的石头窗洞——在那里成功地击毙了最后一个准备破窗而逃的漏网之鱼。

在激烈的剿匪过程中，若是突然发现木板门上有根钉子松动凸出了，他会立刻暂停剧情，把"冲锋枪"掉个个儿，砰砰砰，完美地砸平它。

总之从来没见这孩子闲过一刻钟……问题是，他从哪儿学到的这一整套奇袭行为呢？吉尔阿特又没电视可看。

胡安西最大的梦想是骑马。但几乎没有机会，便只好骑羊。导致家里的羊全都认得他了，一看到他就四散哄逃。

胡安西有着取之不尽用之不竭的零食，那就是冰块。他不时去盛冰的大锡锅里摸一两块，整天含在嘴里啜得嗞啦有声。哪怕正过着寒流，气温到了零下。我一看到这小家伙吃冰块的样子就捂紧羽绒衣，泛起一身鸡皮疙瘩。

胡安西也会有哭的时候。他非要逮一只小羊羔，扑扑腾腾追来追去。半天都没逮着，反而被羊羔后蹄狠狠蹭了一下，胳膊上刮破一大块皮，血珠都渗了出来。这当然会很疼了，他疼得哇哇大哭。但是大人过去一看，觉得没什么大不了的，就踢他一脚，走开了。他哭一会儿，自己再看看，血不流了，又继续跑去抓羊。百折不挠。

依我看来，伤得还蛮重。后来伤口凝结了厚厚一层痂。直到我们搬家的那一天，痂还没掉。

胡安西最愉快的伙伴是他的阿帕（"阿帕"是对年长女性的尊称）扎克拜妈妈。阿帕无比神奇，又远比父母更温和耐心，绝对能满足孩子们的一切要求。胡安西在卡西的练习本上乱画线条，并且声称他画的是牛。阿帕看了说："哪里！牛是这样的嘛——"

她捏着那截一寸来长的铅笔头，先画一个圆圈，是牛的圆肚子。再往圆圈一侧加个小圆圈作为牛头。另一侧加上尾巴，下面加四只脚。这东西果然像牛，但要说像狗像羊也没错。

这种魔术似的即兴创作使得胡安西兴奋得大喊大叫。他和沙吾列两个突然忙了起来，在房间里跑来跑去，寻找一切有形象的事物，指东指西，不停大喊："阿帕！来个酒瓶！……阿帕！再来一个汤勺！……"

在孩子们的要求下，阿帕把房间里能有的所有东西，包括小凳、铲子、木柴在内都画了出来。然而，这简陋房间里的生活用具毕竟极其有限，把筷子和馕饼也画过之后，胡安西又要求画老狗班班。于是阿帕便画了一个和刚才的牛没什么不同的形象。

接下来，万能的阿帕还靠记忆画出了只有在热闹的定居点才能看到的鸡、西瓜和电视机。还画了一棵扫帚一样的树。

于是第二天，胡安西用小木棍在附近荒野空地上到处都画满了这种扫帚一样的树。因为他不许羊从有"树"的地方经过，他爸爸阿依横别克就打了他一顿。

胡安西的第二个好朋友是卡西。成为年轻女性的跟班似乎是很多小男孩的荣耀。卡西走到哪儿他就跟到哪儿，见缝插针地打下手。

卡西说："袋子！"他唰地从腰间抽出来双手递上。卡西说："茶！"他立刻跳下花毡冲出门外，把满满当当、嗞啦啦滚开的茶壶从火坑三脚架上拎回毡房——对于一个小孩子来说，这是多么危险的行为啊。几公斤重的大家伙，稍微没拿稳就会浇一身的沸水。但卡西这么信任他，他一定感到极有面子。为了不办砸这件大事，他相当慎重细致：先用炉钩把下面的火堆扒平、熄灭；再寻块抹布垫着壶柄小心平稳地从挂钩上取下壶；然后双手紧紧提着壶柄，叉开小短腿，半步半步地挪进毡房。至于接下来把沸水灌进暖瓶，这个难度过大，他很有自知之明，并不逞强。

如此小心谨慎，毫不鲁莽，我估计之前肯定被开水烫过，知道那家伙的厉害。

胡安西虽然不是娇惯的孩子，但总有蛮不讲理耍孩子气的时候。那时大家也都愿意让着他，反正容让一个小孩子是很容易的事嘛。但一到劳动的时候，就再没人对他客气了。那时的他也总是毫无怨言地挨骂挨打，虚心接受批评。

大家一起干活时，劳动量分配如下：斯马胡力＞卡西＞扎克拜妈妈＞李娟＞胡安西。

排名仅高于一个六岁小孩子，实在很屈辱。但毫无办法，这个排行榜是严肃的。比方说，背冰的时候，卡西背三十公斤，我背十几公斤，胡安西背七八公斤，毫不含糊。

胡安西在参与劳动的时候，也许体力上远远不及成人，但作为劳动者的素质，那是相当成熟的。力所能及的事努力做好，决不半途而废。心有余而力不足的事，赶紧退让一旁，不打搅别人。并且很有眼色，四处瞅着空子帮忙打下手。

童年是漫无边际的，劳动是光荣的，长大成人是迫切的。胡安西的世界只有这么大的时候，他的心也安安静静地只有这么大。他静止在马不停蹄的成长之中，反复揉搓这颗心，像卡西反复揉面一样，越揉越筋道。他无意识地在为将来成为一个合格的牧人而做准备。但是这个秋天，胡安西就要停止这种古老的成长了。割礼完毕后他就开始上学。他将在学校里学习远离现实生活的其他知识，在人生中第一次把视线移向别处。那时的胡安西又会有怎样的一颗心呢？

马陷落沼泽，心流浪天堂

是的，每次背冰的时候，我背的还不到二十公斤，人家六岁的胡安西都能背七八公斤呢。

可怜的卡西，背得最多，至少三十公斤。

我们扛着冰，翻山回家，卡西汗流如瀑。融化的冰水浸透了她的整个腰部和裤子。

四月的正午，荒野中已经非常暖和了，我们出门背冰之前还是披了厚厚的羊皮坎肩，还把絮着厚厚羊毛的棉大衣挽在腰上。但每次回到家，肩部和屁股上还是会被冰水浸透。

扛着冰块爬山的时候，我腰都快要折断了。手指紧紧抠着勒在肩膀上的编织袋一角，快被勒断了似的生痛。但又不敢停下休息，冰在阳光下化得很快。眼见身后水珠一串一串越流越欢，而家还远着呢。

小胡安西也一次都没休息。不过他家要近一点儿，向北穿过短短的山谷，拐个弯就到了。

我和卡西刚爬到山顶，一眼看到山脚下小道上有一支驼队缓缓经过。我便停住脚步，放下沉甸甸的冰块。

真不想让别人看到自己这狼狈样儿：头发被袋子磨得蓬乱，气喘如牛，举步维艰。如此温暖的天气里还穿着羊皮坎肩，而且还湿了一大片。扛冰的样子就更别提了，腰弓成九十度，梗着脖子努力往前探着。每走一步都跟跄一下，小脚老太太似的……

可是，停住不走反而更招眼。马背上的人频频扭头往我这边看，交头接耳。随行的狗也冲我直叫。总感觉驼队行进速度因此慢了下来。等了老半天才总算全部走过去。冰化得一塌糊涂，地上湿了一大片。我以为这下会轻一些，然而一扛起来，腰照样还是弯成九十度。

一路上地势越来越高，风越来越猛烈。呼啦啦的东南风畅通无阻地贯穿天地。四面群山起伏，荒野空旷寂静。刚才那支驼队完全消失在道路拐弯处之后，立刻变得好像从来不曾在这个世界中出现过一样。

只有视野右下方的山谷口三三两两停着一群马。

记得我们刚出门时，它们正从南面山崖一侧跑下来，涌向那条狭窄山谷。那里是我们平时捡牛粪的地方，分布着成片的沼泽。当马群停在水边分散饮水的时候，我和卡西还略略数了一下。有二十多匹成年马。其中约有一小半带着幼龄的小马驹，另外还有五六匹剪过尾巴的一龄马。

当时我还说："谁家的马群啊？这么有钱。"又说："卡西，我们家好穷！我们只有四匹马……"

此时，马群已经漫过沼泽。似乎准备离开，又像在等待什么。

走在前面的卡西突然停下来。她居高临下看了一会儿，回头冲我大喊："看，马掉进去了！"

我低头冲那边的山谷尽头一看，果然，隐约有一匹红母马在那里的黑泥浆中激烈地挣扎。此刻已经陷没到大腿处，岂不知越挣扎就会陷得越深、越紧。

一匹瘦骨嶙峋的小马驹在旁边着急地蹦跳、嘶鸣，不能明白母亲身上发生了什么事。

我连忙放下冰块，说："过去看看吧！"

但是卡西不让去。再这么耽搁下去，冰越化越快，多可惜！得先背回家再说。

回到家，一个人也没有。妈妈和斯马胡力不知到哪里去了。把冰块卸进敞口大锡锅里后，我立刻出门下坡，去看那匹马。卡西则去往山梁西边找阿依横别克。他家是我们在吉尔阿特唯一的邻居。目前这一大片牧场上的男人只有阿依横别克和斯马胡力两个。

我一个人走进深深的山谷，沿着山脚的石壁小心绕过沼泽。快来到了那匹马身边。

小马看到有生人靠近，连忙走开。但又不愿意远离母亲，便在附近徘徊着，一边啃食刚冒出大地的细草茎，一边侧头试探地盯视我。

这时红马已经陷得深到不能动弹了，之前的挣扎令它浑身搅满泥浆。看着我走近，它本能地挣扎了一下，但毫无用处。我拾起一块石头砸过去，希望它受惊后能一个猛子蹦出来。

但是等我把这一带能搬动的石头全都扔完了也没什么进展。

四下极静，明净的天空中有一只鹤平稳缓慢地滑过。一个人待在这里，面对陷入绝境的生命，毕竟有些害怕。又过了一会儿，我便离开了沼泽。边走边回头张望。那小马一看我离开，就赶紧回到母亲身边，用嘴轻轻地拱它的脖子。它可能在纳闷母亲为什么不理睬自己了。大约过于瘦小，分量太轻的原因，它在淤泥里倒陷不下去。

刚走到山谷口，迎面遇上了卡西。却只有她一个人，手里提着一大卷牛皮绳。

原来阿依横别克也不在家，去北面山间放羊了。阿勒玛罕大姐也不在家。

我这才想起来，上午扎克拜妈妈和大姐带着沙吾列去北面牧场的爷爷家做客喝茶去了。

卡西在牛皮绳的一端打了个绳圈，然后试着甩向沼泽中露出的马头。但她显然没有斯马胡力那样的功夫。斯马胡力套马可准了，小跑的马都可以套上。卡西却连陷在泥中一动也不能动的一颗脑袋都……

可是斯马胡力到哪儿去了呢？

平时我总爱唠叨斯马胡力的少爷脾气——为什么一回家

就要把毛巾和茶碗送到手上？实在可恨。

每当他骑马经过背冰的卡西，总是高高在上，气定神闲，什么也没看到似的。而可怜的卡西正汗流满面，大喘粗气。

可是，到了这种时候，第一个想到的就是他了。男人毕竟是有力量的，天生令人依赖。若是斯马胡力在的话，他一定会有更好的主意。

甩套没有用，卡西决定亲自下去套。她脱了鞋子卷起裤脚，持着绳子踩进了黑色的沼泽泥浆。我心都提到嗓子眼了，一直看到她稳稳当当走到马跟前，才松了口气。沼泽其实并没有那么危险。表层的泥浆在春日的阳光下已经晒得很紧了，何况淤泥中又裹有团团的细草茎。只因马蹄是尖细的，马的身体又那么沉重，才容易陷下去。而人的体重轻，脚掌又宽长，如果下陷的话，顶多陷到小腿肚就停止了。

但当卡西站在泥浆上扯着马鬃毛使劲拉扯时，突然身子一歪，一下子陷没到了膝盖！吓得我赶紧踢掉鞋子踩进泥巴里把她扯出来。眼前这一小片泥浆地虽不危险，但再往前几步远的地方就是稀稀的泥水潭，看情形非常深的。

她又试着手持绳圈往马头上套，却还差一尺多远才够得着。于是她干脆踩上马背，跪在马肚子上俯身去套。可怜的马啊，承载着卡西后，我亲眼看到它的身子又往下陷了一公分。

太阳西斜，山谷里早就没有阳光了。空气阴凉。我光脚站在马儿身边冰冷的泥浆里，抚摸着温热的马背，感到有力的河流在手心下奔腾、跳跃，感到它的生命仍然是强盛的。这才略略放心。

套好绳子后，我们两个岸上岸下地又扯又拽，弄得浑身泥浆。那马纹丝不动。我俩力气太小了。

我们只好先回家，等男人们回来再说。

两个小时后，太阳完全落山。漫长的黄昏开始了，气温陡然下降。我干完家里的活，穿上羽绒衣又独自走进山谷去看那马。它由原先四个蹄子陷在泥里的站立姿势变成了身子向一边侧倒。看来，当我们不在的时候，它又孤独地历经了最后一次拼命挣扎。但这只使它拔出了左侧的前腿和后腿，却导致右侧的两条腿陷得更深也更结实（一种非常不舒服的、被别住的姿势。要是人的话，一会儿就抽筋了吧），更加没法动弹。

冰碴一般寒冷的泥浆使它开始浑身痉挛（夜里温度会降到零度以下），圆圆大大的肚皮不停激烈抖动。我猜想，它身体里的河流已经开始崩溃、泛滥……糊在它背上的淤泥已板结成浅色的土块。小马仍然静静地站在母亲身边，轻轻地睁着美丽的大眼睛。

马群不能继续等待下去，它们迂回曲折地渐行渐远。

小马之前一直孤独地守着母亲，但马群的离去使它在两者之间徘徊了好一阵。最后很不情愿地离开母亲，跟上了大部队。它边走边苦恼地回身打转，还是不明白母亲到底怎么了。

卡西说，这么小的马驹，如果失去母亲，恐怕也活不了几天。

也不知是谁家的马，都这么长时间了，也没人过来找找。

后来才知道，马群大多是野放的，不像牛羊那样每天回家。

回到家，卡西抬出大锡盆开始和面，准备晚餐。我也赶紧生火、烧茶。此时羊群已经回来了，静静停在山坡下。大羊和小羊还没有分开，骆驼还没有上脚绊。该做的事情还有很多。我却老惦记着不远处冰冷沼泽里那个正在独自承受不幸的生命，焦灼不堪。如果它死了，它的死该多么孤独迷惘啊。马的心灵里也会有痛苦和恐惧吗？

天色渐渐暗下来，呵气成霜。我走出毡房，站在坡顶上四面张望。努力安慰自己：这是世上最古老的牧场。在这里，活着与死亡的事情都会被打磨去尖锐突兀的棱角。在这里，无论一个生命是最终获救还是终于死亡，痛苦与寒冷最后一定会远远离它而去。都一样的，生和死其实都一样的吧？其实到头来所有的牵挂都是无用的……

又似乎更多的，我不是为着怜悯那马而难过，而是为自己的微弱无力而难过。

可是斯马胡力他们怎么还不回来呢？我站在坡顶上往

北面的道路望了又望。要是这时候斯马胡力回来了，从今后我一定会像卡西那样对他。哎，什么好吃的都留给他！

好在不管怎样，在天色彻底黑透之前，那匹马最终给拖上来了。

那时两个男人都回来了，扎克拜妈妈和阿勒玛罕也回到了家。大家齐聚在沼泽边。斯马胡力跳下齐腰深的泥水潭，从另一个方向使劲推挤马肚子，拼命扯拽马鬃毛。阿依横别克在对岸骑在自己的马上拼命挥鞭，策马拖拽——马肚上勒着绳子。绳子另一头套在泥浆里的马脖子上和它翻出泥浆的一条前腿上。其间，粗粗的牛皮绳被拉断了好几次。

两个男人的判断是：泥浆地这边的泥巴太紧了，阻力太大，不可能拖出来。他们决定绕到水潭另一侧反方向拉。虽然这段距离很远，但泥水稀薄，阻力相对较小。就看马能不能挨过这段漫长的距离了。

当时那马一动也不动，死了一样侧着脸，一只眼睛整个儿淹没泥浆中。两个男人拼命拉啊拉啊，就在我觉得毫无进展的时候，突然绷紧的绳子一松，马儿明显被扯动着挪了一下。斯马胡力赶紧后跳躲闪。那马猛地往侧方陷落。

那一刻，它的整个身体全部扎入泥水中！本能令它做出最后的挣扎。它的后腿一脱离结实的泥浆就开始没命地又踢又蹬。同时仰起了脖子，努力想把头伸出水面。但很快，整匹马连脖子带头全部沉没进水面之下。

我尖叫起来，面对这幅情景连连后退。

但大家却大笑起来，说："松了！松了！"阿依横别克更加卖力地抽打自己的坐骑，之间牛皮绳绷得紧紧的。

当时我以为那马肯定会溺死。我觉得过了好久好久，马头才重新浮出水面。

之前，它已在泥浆里沦陷了四五个钟头，空气温度那么低，估计这会儿浑身都麻木无力了。

两个男人累得筋疲力尽，满脸泥巴，但仍不放弃。他们一边互相取笑着，一边竭尽全力地拯救。

女人们什么忙也帮不上，只能帮着打手电筒，站在岸边观望。胡安西和沙吾列在岸边的大石头上跳来跳去，大喊大叫着丢石头砸马，但马已经没有任何反应了。

我不时地问扎克拜妈妈："它会不会死？它已经死了吗？……"

妈妈懒得理我，神情凝重而冷淡。

最后马被拖上高高的石岸时真的跟死了一样。要不是肚子还在起伏的话。

那时它已经站不起来了。无论阿依横别克怎么踹它扯它都没用。连跪都跪不稳，只能侧躺在路中间。

它的肚子被绳索和岸边的石头磨得血肉模糊。耳朵也在流血，背上伤痕累累。脖子上的鬃毛被斯马胡力扯掉了好几大团。我试想自己被扯着头发拖七八米的情形，一定疼死了……况且马比我重多了。

我紧张又害怕，不停地问这个问那个："能活吗？快要死了吗？……"

生命处于将死未死的时刻，比已经沉入死亡的时刻更令人揪心。将死未死的生命也比已然死亡的生命距离我们更遥远，更莫测。

值得安慰的是，哪怕在那样的时刻，它仍注意到自己脸庞边扎生着一两根纤细的草茎。它看了一会儿，侧着脸去啃食。我连忙从别处扯了一小撮绿色植物放到它嘴边。两个小孩子也学我四处寻找青草喂它。我听说牧人比较忌讳拔草的行为，但大家都没说什么。

第二天上午，阳光重新照进山谷时，马虚弱地站了起来。只见它浑身板结着泥块，毛发肮脏而零乱。而健康的马是毛发油亮光洁的。

我总算舒了一口气。虽说"一切总会过去"，但一切尚远未过去的时候，总感觉一切永远不会过去似的。

再回想起来，咳，自己只会瞎操心！

而卡西呢，一点儿也没见她有过担心的样子，只见她尽可能地想法子营救那马。后来赶到的斯马胡力和阿依横别克也是一边打打闹闹开着玩笑，一边竭尽全力把它拖上岸。从头到尾都无所谓地笑着，好似游戏一般的态度。

节制情感并不是麻木冷漠的事情。我知道他们才不是残忍的人呢。他们的确没我那么着急、难过，但到头来却做得远远比我多。只有他们才真正地付出了努力和善意吧。

　　"一切总会过去"——我仅仅是能想通这个道理而已，却不能坚守这样的态度。唉，我真是一个又微弱又奢求过多的人。只有卡西和斯马胡力他们是强大又宽容的。他们一开始就知道悲伤徒劳无用，知道叹息无济于事。知道"怜悯"更是可笑的事情——"怜悯"是居高临下的懦弱行为。他们可能还知道，对于所有将死的事物不能过于惋惜和悲伤。否则这片大地将无法沉静、永不安宁。

每天一次的激烈相会

　　羊群远离广阔荒凉的南戈壁是多么幸福的事情！渡过乌伦古河后，它们将在额尔齐斯河南岸温暖的丘陵地带停留整整一个月的时间。四月的季节里，阿尔泰山南麓春牧场的青草刚刚冒出头。羊在大地上深埋脸庞，仔细啃食眼前一抹淡淡的绿意。缓缓移动。很久以后它抬起头，发现四面寂静空旷……群山间，自己成了孤零零的一个。不知什么时候失群了。

　　它四处寻找伙伴，又爬上光秃秃的山巅，站在悬崖边四面眺望。大地起伏动荡，茫茫无涯。后来时间到了，它开始分娩。新出生的羊羔发现自己也是孤零零的一个。羊羔站在广阔的东风中，一身水汽吹干后，看上去陡然长大了许多。接下来母亲带着孩子在群山间没日没夜地流浪。有羊群远远经过时，它俩就停下来冲那边长久地张望、呼唤。

　　而前去找羊的牧人在途中遇到了沙尘暴。世界昏天暗地。他策马在风沙中一步一步摸索行进，直到马儿再也不愿前进了。满天满地都是风声的轰鸣，世界摇摇欲坠。他下了马，牵着缰绳顺着山脚艰难地顶风而行。后来实在走不动了，便侧过脸靠在石壁上勉强撑住身子。一低头，他看到脚边深暗的石缝里有四只明亮温柔的眼睛。

告别寒冷空旷的冬牧场当然是快乐的事！做一只春羔看上去远比冬羔幸福——能够降生在温暖又干燥的春牧场，白天被太阳烤得浑身暖烘烘的，柔软的小卷毛喜悦地蓬松着。黑眼睛那么的美，那么的宁静。夜里则和小朋友们挤在一起，紧紧蜷着身子，沉入平安的睡眠中，深深地、浓黏地成长。不远处的星空下，母亲们静默跪卧，头朝东方，等待天亮。

扎克拜妈妈家养了一群花里胡哨的羊。赶羊的时候，远远看去跟赶着一群熊猫似的。

其实，大羊们都还算正常，大都是纯种的阿尔泰大尾羊。不是浅褐色，就是深棕色的。但是小羊们……就很奇怪了。

总共两百来只羊，大羊一百多只，小羊七八十只。在小羊中，有二分之一是白色羊，四分之一是黑色羊，剩下的四分之一是棕褐色羊。其中，白色羊里有五分之一长着黑屁股，五分之一则半边屁股黑半边屁股白。剩下五分之一是"奶牛"，五分之一是"熊猫"。最后的五分之一里，黑脖子与黑额头的大略对半。至于黑羊，约有一半戴了白帽子。剩下的一半中，又有一半是阴阳身子，前半截漆黑，后半截雪白（像嫁接的一样）。其他的则全是小白脸。而花哨得最为离奇的则是那群棕褐色羊羔：有褐身子白腿的；有浑身褐色四个小蹄子却是黑色的（像穿了黑皮鞋）；还有三条腿是深色，一条腿是浅色的。有的浑身都没什么问题，就脖子上系了条雪白的餐巾。还有的屁股上两大团脚印形状的深色斑块，像给谁踢了两脚似的。还有的浑身纯褐色毛，就后腿两个小膝盖上两小撮耀眼的白毛。更多的花得毫无章法可言，好像被人拿排刷蘸着颜料左一笔右一笔胡乱涂抹而成。

一只安静的浅棕色羊妈妈幸福地哺乳一只黑白花的小羊羔……一般来说，白羊生白羊，黑羊生黑羊，白羊和黑羊生黑白花羊。可是，棕色羊妈妈又是怎么生下黑白花的宝宝呢？

估计是品种改良的结果吧。据说，传统地道的阿尔泰大尾羊越来越少了。

大羊和小羊一定要分开牧放。刚搬到吉尔阿特牧场，可可就在驻地所在的山坡东侧用几扇旧的毡房架子围搭了一个简易的羊圈。外面蒙了些破毡片挡风。每天晚上只赶小羊入圈，大羊就会在羊圈外守着，一整夜一步也不离开。到了早上，得先把大羊群赶走很远很远，一直远到一时半刻回不了家为止，这才把小羊放出来往相反的方向驱赶。大约中午时分，母亲们惦记着哺乳孩子，就会急急忙忙往家赶。而那时孩子也开始馋奶水了，不知不觉扭头走向来时的路。这样，母亲们和孩子们会在驻地下方那面倾斜的巨大空地上汇合。

当母亲们和孩子们汇合！——我第一次看到那种情形简直给吓坏了！目瞪口呆、双手空空地站在荒野中，简直无处藏身……发生什么事了？骇得连连后退。群山震动，咩叫轰天。群羊奔跑的踏踏声震得脚下的大地都忽闪忽闪。尘土从相对的两座山顶弥漫开来，向低处滚滚奔腾。烟尘之中，每一个奔跑的身影都有准确的、毫不迟疑的目标，每一双眼睛都笔直地看到了孩子或母亲。不顾一切！整个山谷都为之晃动。那惊狂的喜悦，如同已经离别了一百年……

才开始，我还以为场面失控了，以为它们预感到了某种即将爆发的天灾，以为它们在被凶猛的大兽追赶……地震了吗？狼来了吗？吓得我大喊"妈妈"，又大喊"卡西"。但没人理我。两支羊群猛地撞合到一起后，母亲急步走向孩子，孩子奔向属于自己的乳房。遍野的呼喊声慢慢沉淀下去，尘土仍漫天飞扬。

最后，只剩下唯一一个水灵灵的小嗓门仍焦急穿梭在烟尘沸腾的羊群中。它的母亲昨夜刚刚死去。

我远远站在沼泽边的乱石堆里看着这一幕激烈的相会，头盖骨快要被掀开一般。某种巨大的事物轰然通过身体，而身体微弱得像大风中的火苗。

　　这样的相会，尽管每天都会有一次，但每一次都如同它们一生中唯一的一次一般。

要过不好不坏的生活

胡安西做了一张弓。听卡西说是用来射野鸽子的，但我只看到他用来射老狗班班。而且走路时的班班是射不中的，睡觉时倒能射中两三次。班班被射中了也不会疼，便不理他，翻个身接着睡。

还野鸽子呢，怎么看都没希望——就两股毛线绳绷弯了一根柳树条而已。"箭"则是一根芨芨草。

我好说歹说才把弓借到手玩玩。瞄准班班后，一拉弦，啪！箭没射出去，弓给折断了。

我沉着冷静地把断成两截的弓分别绕上毛线。这样，一张大弓立刻变成两张小弓，发给了胡安西和沙吾列一人一把。于是皆大欢喜。两人兵分两路继续夹攻班班，班班还是不理他们。

后来突然想起来：眼下荒茫茫的大地戈壁，一棵树也没有，哪儿来的柳条？

卡西说，是阿依横别克放羊路过爷爷家时，在河边折的。

就像胡安西家有现成的石头房子一样，爷爷家的牧场上也有现成的泥坯房子住。房子距我们驻地五公里，在北面山间谷地里，紧靠额尔齐斯河南岸。

卡西说，爷爷家那边靠近河，树多。平时不用拾牛粪，做饭全都烧柴火。意思似乎是烧柴火是很体面的事。但是看她的言行，似乎对牛粪也没什么意见。

我说，那为什么我们不一起搬过去？

卡西这啊那啊地努力解释了半天，什么也没能说清。总之大概是与牛羊数量有关的什么原因。

我们所在的这块牧场是光秃秃的戈壁丘陵地带，不但没有树，连一小丛矮灌木都没有。最高大的植物只有芨芨草。取火的燃料也只有干牛粪。牛们可真不容易，每天走很远很远的路，到处辛辛苦苦找草吃，到头来只是为了帮我们收集燃料似的。由于伙食不好，它们一个个都那么瘦，脊背和屁股都尖尖的。

虽然比起冬天，眼下日子宽裕从容多了，但春天仍是紧巴巴的季节。天气强有力地持续升温，青草马不停蹄地生长，但水草还是过于稀薄。比起冬天，牛奶的产量也没好多少。我们的茶水里很久都没添过牛奶了。日常生活中省去了一早一晚挤牛奶这项劳动，时光基本上还算悠闲。扎克拜妈妈和阿勒玛罕姐姐三天两头约着去额尔齐斯河南岸的亲戚家串门子，家里总是只剩我和卡西带着两个孩子看门。

就是在这样的一天里，大人都不在家，一只黑色的羊羔死去了。

我问怎么死的，卡西淡淡地说不知道。

是啊，谁会知道呢？一只小羊羔最后时刻都感知到了什么样的痛苦……

之前两个孩子在羊羔棚里发现了奄奄一息的它。他们把它抱到毡房门口空地上，蹲在它的面前，不停地抚摸它，目睹它渐渐死去的全过程。可是，他们什么也说不出来。等我和卡西发现时，羊羔已经完全断气。两个孩子仍然温和地摆弄着它，捏着它的小蹄子轻轻拉扯，捧着它眼睛微睁的小脑袋，冲它喃喃低语。那样的情景，与其说他们把它当成一件玩具在玩耍，不如说当作一个伙伴在安抚。

又过了很久，两人仍围着小羊的尸体摆弄个不停，以为它很快会醒来。两张小弓被扔在不远处一丛干枯的蓟草旁，静静并排搁在大地上。缠在弓上的玫红色毛线鲜艳夺目。

我有些难过。此时此刻，乳房胀满乳汁的羊妈妈肯定还不知道自己已经永远失去了宝宝。从今天黄昏到今后很长的一段时间里，它将不停寻找它。

但卡西没那份闲心难过。她开始准备烤馕。面团早就揉好，已经醒了一个多小时了。

我掐指一算，旧馕还剩七八个，我们一家四口还得吃三天才能吃完。等把旧馕吃完了，此时烤出来的新馕也相当遗憾地变成了坚硬的旧馕……真是的，为什么不缓一两天再烤呢？

刚烤出来的热乎乎香喷喷的馕不吃，却一定要吃旧的，想想都令人伤心。一直这样下去的话，生活中就只有旧馕可吃。

但是再想想，要是先吃新馕的话，当时是很享受，可旧馕又怎么办？吃完新馕，旧馕就变得更加坚硬更难以下咽。好比把好日子全透支了，剩下的全是不好的日子。但如果能忍住诱惑，就会始终过着不好不坏的日子。

那为什么不边打新馕边吃呢？因为那样容易接不上茬。对动荡辛苦的游牧家庭来说，要时刻储备充沛的食物。统统吃完后再临时打馕，有可能使平顺的日常生活出现手忙脚乱的情景。若突然来客人的话就更狼狈了，更惹人笑话——连现成的馕都没有，这家人的日子怎能过成这样？这家女主人太不会打理生活了……

馕得一次性烤够三四天的。如有招待客人的计划或即将搬家出发，则会一口气烤得更多，避免一切可能会应付不过来的突发情况。

馕是新疆各个民族的日常主食。城里人买馕吃。馕店的馕是用桶状的大土坑烘烤出来的。烤馕师傅全是男的，女人力气小干不了那活。天大的一团面，只有男性的臂膀才揉得动。揉好面后，烤馕师傅扯下一小团面抖啊抖啊，抖出中间带窝的圆形大饼，再粘上芝麻粒和碎洋葱粒，然后俯身馕坑边，"啪"地贴在馕坑内壁上。坑里贴满面团后，就盖上大盖子烘烤。馕坑底部铺着红红的煤炭。因为馕是竖着烤的，等取出后，每一只馕都略呈水滴状：一端薄一端厚。烤馕师傅轻松优美地给每个烤好的馕表层抹上亮晶晶的清油，扔到摊子上小山似的馕堆里，就有人源源不断去买啦。

生活在乡间的哈萨克农民也会在自家院子里砌馕坑烤馕。但现在很多人家里都使用烤箱了。烤箱是个铁匣子，一般嵌在炉灶后的火墙（冬季取暖用的墙壁）里。生火做饭的时候顺便烤馕。一点儿也不浪费热力资源。等饭做好了，馕饼也熟了。因为烤箱是方的，烤出的馕也是方的。像书，像一部部厚嘟嘟黄艳艳的大部头。

在山野里烤馕的话，条件就简陋多了。尽管条件有限，不好挑剔，但我还是对卡西这个小姑娘烤的馕很有意见。

盛面团用的破锡盆之前一直扔在火坑边，还装过干牛粪。早知道它的真正用途是这个，我每天都会把它擦得亮锃锃的。

自然了，这只用途广泛的锡盆看上去很脏。卡西为了让它干净一点儿，就反过来在旁边的大石头上磕了三下。然后直接把刚揉好的新鲜面团扔了进去……

我以为她起码会用水浇一浇，再拿刷子抹布之类的工具用力擦洗一番。最次也得拾根小棍，把盆里的泥块刮一刮……但我闭了嘴一声不吭。如此这般烤出来的馕都吃了那么长时间了，一次也没毒死过。连肚子疼都从没有过。

卡西先把门前空地上的牛粪堆点燃。燃烧一会儿后，把火堆扒开，将盛着面团的锡盆放进火堆中间烧得滚烫的地面上。再把四周烧红的牛粪聚拢，紧紧环贴锡盆。最后，她在敞开的锡盆上盖了一块皱皱巴巴的破铁皮——那是家里每天扫地时用来铲垃圾的简易簸箕……这回她连磕都没磕一下。盖上去的一刹那，我看到细密的土渣子从铁皮上自由倾撒向洁白柔软的面饼。

她又把一些正在燃烧的牛粪团放到铁皮上。由于方形的铁皮块实在太小，锡盆又太大，只能勉强在盆沿上搁稳四个角，大大敞露四面的缝隙。而牛粪又堆得太多，牛粪渣子便不时呼呼啦啦漏进盆里……

加之卡西不时用铁钩揭起铁皮块查看盆中的情形，于是场面更加纷乱吓人……

虽然颇为惊恐，但站起身环顾四望时，我看到的是连绵起伏的荒山野岭，看到寂静空旷的天空中一行大雁浩浩荡荡向西飞。与别的鸟儿不同，雁群到来的情景简直可以称得上"波澜壮阔"，挟着巨大而动人的力量。春天真的到来了。

放平视线，我又看到我们孤独寂静的毡房，以及围裹着毡房的陈旧褐毡和褪色的花带子。再四下看看，野地里除了碎石、尘土、刚冒出头的青草茎和去年的干枯植被，再无一物。收回视线，看到卡西蹲在锡盆边，浅黄色旧外套在这样的世界里明亮得扎眼，仅仅比她面前的火焰黯淡一些。这是一个多么小的小姑娘啊！……又看到死去的小羊静静横躺在不远处。胡安西兄弟俩已经对它失去了兴趣。两人又拾回小弓，追逐好脾气的班班欢乐地游戏。

最后，我低下头，透过锡盆和铁皮之间的缝隙，看到盆里的面团一角已经轻轻镀上了一弯最美妙的食物才会呈现的金黄色。

——这样的世界里能有什么脏东西呢？至少没有黑暗诡异的添加剂，没有塑料包装纸，没有漫长曲折的运输保存过程。只有面粉、水和盐，三者均匀地——如相拥熟睡一般——糅合在一起，然后一起与火相遇，在高温中芳香地绽放、渐渐成熟……这荒野里能有什么肮脏之物呢？不过全是泥土罢了。而无论什么最终都会变成泥土的。牛粪也罢，死去的小羊也罢，火焰会抚平一切差异。在没有火焰的地方，另有一种更为缓慢，更为耐心的燃烧——那就是生长和死亡的过程。这个过程无时无刻地，一点点地降解着一切生命的突兀尖锐之处。

总之，第一个馕非常圆满地成熟了！金黄的色泽分布均匀，香气扑鼻。卡西把它取出来时，像刚才磕盆那样，在盆沿上敲了三下。于是馕饼上黏嵌的烧煳的黑色颗粒哗啦啦统统掉了下来。然后她再用抹布将其上上下下擦得油光发亮。最后拿进毡房，端端正正地靠着红色的房架子立放在碗橱木箱上——多么完美的食物啊，完美得像十五的月亮一样！

浓烈而幸福的香气弥漫了整个毡房。每当我进进出出，都挣扎其中，扯心扯肺。

可慢慢地，随着馕的凉却，那股香味儿也慢慢往回收敛，退守。最后被紧紧地锁进了金黄色的外壳之中。只有掰开馕，才能重新感受到那股香味儿了。

再等两天的话，那香味儿又会随着馕的渐渐发硬而藏得更深，更远。只有缓慢认真地咀嚼，才能触碰到一点点那样的香气——那种当一个馕在刚刚出炉的辉煌时刻所喷薄的，暴发户似的喜难自禁的华美香气……

哎，真让人伤心。几乎从没吃过新鲜馕，却每天都得在新鲜馕的光芒照耀下耐心地啃食黯淡平凡的旧馕。每到那时，我都会催促斯马胡力多吃点儿——赶紧吃完眼下的旧馕，就可以稍微领略一下新馕完全成为旧馕之前的最后一点点幸福滋味。

对了，不吃新馕可能还有一个原因——都怪新馕实在太好吃了！大家都会忍不住吃很多。连我这样的，我觉得都能一口气吃掉一整个呢（直径三十公分，厚六公分左右）。那样的话，天天马不停蹄地烤也不够吃啊。

沙吾列漫无边际的童年时光

两岁多的沙吾列是个小手小脚小身子的小奶孩儿。但面相端正，神情庄严，神似成吉思汗。虽然和胡安西一样也给剃成了小光头，却没留辫子，只在脑门上顶着一小撮头发。于是又像年画中系肚兜抱鲤鱼的中国娃娃。

和哥哥胡安西一样，他也很会自己一个人玩。当大人忙起来，没人顾到他时，他可以独自度过许多时光。不哭也不闹，并且善于创新，发明了种种游戏。

游戏之一：骑马。也就是骑门口的一块大石头。骑在上面时，一只手还拽着根破绳子拼命摇，极其紧张地快马加鞭。嘴里咕咕嘟嘟嚷个不停，俨然四面八方烽火连天。

有时也骑爸爸的大腿，有时骑胡安西的肚子。

游戏之二：过河。我家毡房门口的空地上流淌着无数条沙吾列的假想河。小家伙一路走来，绝没有直线。他站在各种各样的"大河"对岸冲我们呼喊，逼真地做出畏惧状。然而并不需要我们的营救。只见他勇敢地挽起裤脚，艰难地涉"水"而过，不时摇摇晃晃，险象环生地呀呀大叫。

　　假如这时，你拿着糖说："沙吾列，来吃！"——哪怕面对这样的诱惑，他也绝不会轻易忘记自己所处的险境。他看一眼糖，说："等一下！"然后拾块小石头扔进"河"里，嘴里还发出扑通声，再踩着石头跳过来。这才伸手拿糖。如果那时你不客气地把小家伙一把拎起扔过几条"河"，扔到毡房里的花毡上，他会极愤怒，一边踢你这个没意思的人，一边伤心大哭。

　　游戏之三：烤馕。烤馕的工具倒是现成的，不需要模拟。只是面粉和盐不容糟蹋。于是沙吾列家揉面的锡盆里除了面粉以外，总是沾满了牛粪渣和泥土。

　　沙吾列家是我们在吉尔阿特牧场唯一的邻居，却和我们家挨得不算近。得翻过一座小山，穿过一小片野地才能到达。两家之间有一条新走出不久的纤细土路，沙吾列经常一个人沿着这条路孤独地走来。从看到他小小的身子出现在对面山顶，到他终于迈进毡房，中间这段时间足够我深深睡一觉再大梦一场了。两岁的小孩腿太短嘛。加之走路那么认真，假想河又那么多。

　　多少次午休时光，我感觉已经睡了很久很久，醒来后出门往西边看，沙吾列还在茫茫荒野中微小地走着，耐心又执拗。

　　等我上前迎接的时候，他正在山脚下那条小溪边徘徊。对我们来说，那只是一步就可跨越的浅浅水流。但对小沙吾列来说，就是形势相当严峻的大河了。这远比假想河还要令人激动啊。他神色凝重，东张西望。终于，发现了自己想要的东西。只见他走过去，蹲在那一处抠啊抠啊，抠出一块微陷在大地里的拳头大小的石头——是他所能搬运的最大尺寸。他双手抱石回到水边，扑通一下扔进水里。这种事情虽然他之前做过无数次，但都只是假想的练习。第一次实践却如此平静沉着，毫无怯意，真不错！当然了，这么大点儿的小人儿能搬动多少石头呢？于是，堆了十几块石头后，才勉强有一块冒出水面。小家伙抬脚试着踩一下，又赶紧缩回。慎重观察一番，毅然踩上第二脚，石堆却一下子给踩塌了，小脚丫扎扎实实地陷在了水里。我连忙上前一把捞起他的小胳膊拽过来。

回到家，家里人都在，却没人注意到沙吾列可怜的小脚丫。我终于忍不住指给大家看。只有妈妈为之叹了口气，斯马胡力和卡西哈哈大笑。笑完，各干各的事，各说各的话。只好由我给小家伙脱鞋换袜。天气那么冷。

沙吾列常常留在我家吃饭。有时遇到好吃的东西，比如包子或朗面（拌面），他只吃一点点儿就坚决停下不吃了。问为什么，答曰："等爸爸妈妈来。"怕一下子吃完了。我们只好盛出一碗面或取出两个包子另外放着，他这才肯继续吃。

因为小家伙曾有过在城里的饭馆里吃包子的经历。打那以后，家里每次做包子，他都会郑重地要求上一碟醋。因为城里人吃包子都会蘸那玩意儿。但荒山野岭的，到哪儿给他弄醋？于是扎克拜妈妈用茶水化开一点点固体酱油盛给他。小孩子好容易打发的。

外婆家的饭不能白吃。傍晚吃完饭开始赶羊回圈时，小家伙也得派上用场。他负责手持长木棍守在羊羔圈围栏的豁口处。一旦有小羊想从那处突围，往母羊群中跳跃，他就威严地发出"丘！丘！喝丘！"的叱喝声，挥动长棍，毫不含糊。

小沙吾列虽然丁点儿大的小人，但比起小羊来，好歹还是要大一些。更何况还有根高他两三倍的长棍壮势，长棍一端还系了一只呼呼啦啦迎风直响的红色塑料袋，给他平添了多少威风！

因为沙吾列喜欢模仿，我便想着法子逗他。

当又一次在山脚下的水流边遇到他时，我当着他的面跳过一块小石头。他也不甘落后地跳过了它。

我跳过一丛枯草，他也紧跟其后。

我捡块小石头扔进水里，他也捡了好几块噗通噗通地扔。

我蹲在水边，伸出巴掌啪地击打水面，他也蹲下来啪啪啪打个不停。还抬起头冲我嘟起嘴"吼吼吼"地嚷嚷，意思是：看！我做得比你更好！

接下来，我一脚踩进了水里。

这回他犹豫了一下，直接转身走了。

唉……我只好跳上岸，脱了湿鞋子拎手上，光脚跟着他走回家。

沙吾列家的小板凳上有一根钉子松了，从凳面上顶了出来，挂住了沙吾列的开裆裤。他挣了半天才脱离那根钉子。然后指着钉子严厉地嚷嚷着什么。

阿依横别克说："你自己能钉吗？"

他立刻说："能。"

阿依横别克拾一块石头递给他，他不屑地用鼻子哼了一声。于是阿依横别克只好在箱子里东翻西翻，找出真正的榔头给他。

他手持榔头像模像样地砸了起来。后来，那根钉子居然真的被他平平展展地敲进了凳面，并且一次也没砸着扶钉子的左手。

相处了整整一个月后，当我们和羊群离开吉尔阿特时，我才搞清楚，沙吾列居然是个女孩！

大风之夜

　　离搬家的日子越来越近了，天气突然热了起来。妈妈说："要给骆驼脱毛衣了，脱得只剩一件坎肩！"

　　果然，后来每峰骆驼都脱得只剩坎肩——我们只把骆驼屁股、大腿和脖子上的毛剪掉，肚子和脊背上的毛给它留下了。

　　不能全脱光的原因我猜大约是五月份就进山了，山里还非常冷。

　　骆驼的毛极厚，一两寸呢。毛团紧紧地纠结、交缠，理也理不顺，撕都撕不开，结结实实地敷满全身，就跟裹了一层毡子似的。它们正是靠这身超厚的衣服过冬的。我一手揪着骆驼毛皮，一手握着厚厚的生铁剜刀沿着毛根处小心地削割。正午天气很热，握在手里的毛皮又潮又烫。尤其是靠近骆驼皮肤的最里层更是汗涔涔、黏糊糊的。当我的刀刃锋利地切开结实的毛层，骆驼的黑色肌肤一寸一寸暴露到空气中，似乎还冒着热乎乎的白色水汽。微风吹过，骆驼舒服得一动不动。啊，脱了毛衣真凉快！

看上去最厉害的似乎是斯马胡力。他用的是钳剪。只见他往那儿一站，又长又沉的钳剪四下挥舞，咔嚓咔嚓响个不停，潇洒又痛快。不一会儿整块的毛片就从骆驼大腿上揭开了，再过一会儿骆驼就全部脱掉了裤子。很快，又解开围脖，摘下了帽子。

妈妈和卡西她俩也干得不错，只有我这边进行得一点儿也不顺。每过一会儿，大家就会听到我大喊一声："对不起！"一会儿又喊："啊啊啊！实在对不起……"——活儿没干多少，就只见我在那儿不停给骆驼鞠躬道歉。唉，技术实在太烂，害得骆驼屁股上被割了好几道血口子。

真丢人。我只好收了刀子跑到最厉害的斯马胡力那边观摩取经。可不看倒罢了，一看之下又惊又气……和他比起来，我弄出的那几道小伤口微小得简直可忽略不计。斯马胡力这家伙！只图自个儿大刀阔斧剪得痛快，弄得人家浑身到处划满血淋淋的伤口，跟刚下了战场一样！

难怪，虽然我不停地大呼小叫，但我的骆驼好歹安安静静待着。斯马胡力倒是一直安安静静利利索索地干着活，他手下的骆驼却一会儿跳起来惊叫一下，一会儿又仰着脖子悲愤嘶鸣。

大约骆驼的凝血功能较差，一道细细小小的伤口也会血流个不停，一串一串，长长地往下淌，看着挺吓人。它的血不是鲜红的，而是带点儿橘色的铁锈红。此外，骆驼的皮肤看起来极薄，跟纸一样。牛皮可以做靴子，做外套，羊皮马皮也能做许多结实的东西，但骆驼皮恐怕什么也做不了。怪不得会长那么厚那么浓密的驼毛来保护自己。这么说来，骆驼这样的庞然大物其实是非常脆弱的。怪不得有着如此柔顺、踏实的性情。虽说有时候也会犯犟，但骆驼的犟和驴啊牛啊之类的犟是不一样的——它的犟并非出于有所抵触，而是出于茫然与疑惑。

卡西粗心，割毛时总是割着割着就忘了停下来，差点儿把人家最后的坎肩也给脱了。幸亏被妈妈及时喝止。但肚子上的毛片已经与身体完全剥离开来，只有上端的一点点还连在脊背上。于是，一大块毛片耷拉在它的光肚皮上，像披了件衣服似的。后来每当这峰骆驼奔跑时，肚皮两侧的两块毛皮一掀一掀的，像挥舞着翅膀。

斯马胡力刀下的骆驼全给剃了光头，光秃秃地竖着两只耳朵。而卡西的一律给剪成小平头。有一峰骆驼最倒霉，小平头也罢了，脑门上还留了圈刘海。

另一边，妈妈和阿勒玛罕共同对付着一峰最调皮的骆驼。她俩一边辛苦地割剪，一边同它奋力搏斗。剪左边的毛时骆驼就拼命往左边打转，剪右边的毛了，它又一个劲儿地往右转身。斯马胡力很得意地说："还是我们的骆驼好啊！"我附和称是。我们这边的骆驼确实老实，尤其是斯马胡力剪的那峰，都给祸害成那样了……可他刚说完，一直好好地跪在他面前的骆驼突然站起来，拖着缰绳向西狂奔而去。

等所有的骆驼脱完毛衣后，我们就要出发了。这几天除了忙着剪驼毛，还要把羊群拾掇一遍。一看到走路有点儿瘸的羊，斯马胡力就把它从羊群里逮出来，检查它的膝盖和蹄子有没有受伤。肛门发炎的羊，也能通过走路的姿势看出来。

斯马胡力放倒一只不太对劲的绵羊，掀起它的大尾巴一看，果然，红肿了一大片！还有蛆虫在肉缝里扭动，触目惊心。怪不得我的外婆总是说牲口最可怜了，因为不会说话，无依无靠。病了，痛了，只有自己知道，永远不能向人求救……

这一天，我们开始给牛涂杀虫剂。杀虫剂的味道极其刺鼻，扎克拜妈妈把高浓度的杀虫剂倒一点点儿在盆里，兑上大半盆水，用缠着布条的木棒蘸着往牛肚皮上涂抹。我说："虫子都没了，那牛尾巴干什么用？"

卡西比了比牛尾巴的长度，说："牛尾巴，这么长；虫子嘛，到处都有！"

可恨的是这些牛一点儿也不能明白我们的苦心，对我们的行为相当反感。抹药的时候，一圈一圈打转躲避，拽都拽不住。尤其是那只黑白花的，卡西想尽了办法都没能逮到。所有人帮着围追堵截，总算才把它逼到近前，被卡西一把扯住了牛尾巴。那牛拼命地挣扎，拖着扯住尾巴不放的卡西东奔西突。最后还是把卡西甩掉了，令她狠狠摔了一跤。卡西大怒，跳起来继续追，不依不饶。妈妈冲她大喊："算啦！算啦……"她理也不理。

这时，突然听到远处传来呼喊声。我们抬头一看，是阿依横别克姐夫，他正站在南面石头山的最顶端。仔细一听，他喊的是："大风！大风！！"

我们扭头一看，果然，不知何时，西边落日处有黑压压的云层正滚压过来。大家顾不上逮最后那头倔牛了，三下五下收拾起地上的杂物，飞快地往毡房跑去。

斯马胡力和卡西分头赶羊入圈、系骆驼。妈妈走向堆放在野地里的零碎家什，掀开盖在上面的毡片，紧张地翻找。最后取出两卷两指粗的羊毛绳。我看着她将羊毛绳中间部分紧紧系在毡房背风处的墙根儿上，然后拉开两股绳子，向上方兜住圆形屋顶各绕了半圈，一左一右地在毡房迎风面会合。最后再把它们拧成一股，扭头吩咐我替她拽住绳头。腾出手后，她又找来了一条麻袋和一把铁锨。这时，跑下山坡的阿依横别克也赶来帮忙。他让我把绳端放在地上，再把空麻袋压上去。妈妈撑开麻袋口，阿依横别克用铁锨铲起附近的泥石往麻袋里装。我一下子明白了。装满泥石的麻袋将作为一个有力的固定点，沉甸甸地扯住绳子。这样，毡房也就被系得紧紧的，不至于在大风中被吹翻。其实原先已经有这样一股绳子作固定了，再加一股是上双份保险。

看着大家紧张严肃的样子，我隐约明白了"大风"意味着什么——肯定是沙尘暴。怪不得这几天天气怪异，突然间热得这么厉害。

时间紧迫，风势越来越强。虽然此时的风还是透明的，可天地间异样的呼啸声相当骇人，倒计时一般越来越尖兀。

大家四处奔忙，顾不上理我了。我也不知干什么好，只好尽可能地将门口的零碎物什挪进房子。挪不动的就用碎毡片或编织袋盖住，再压上石头，以防被风刮跑。连火坑边的牛粪堆也想法子盖住、压上石头。大铁盆实在太大，毡房里没地方放了，就反扣在门口，也压了几块石头。

云层低低地压在山间，呈水滴状紧密排列，一大滴一大滴地悬在头顶上方。诡谲，又整齐、迷人，盈盈欲滴。黑压压快要下雨了的情形。果然，没一会儿雨水就稀稀拉拉大滴大滴洒了起来。但没洒几分钟就停了。风太大，吹散了雨云的形状。天色也迅速黑透了。

我早就准备好了晚餐。直到大家都忙乎得差不多了，才开始摆桌子，铺餐布，切馕块，催促吃饭。妈妈和斯马胡力又累又饿，洗了手就坐过来。我赶紧排开碗倒茶。但这时斯马胡力突然隔着毡壁冲正在外面系马的卡西大喊道："先别卸马鞍，还少一峰骆驼！"

我闻言吓坏了，连忙追到门口。外面卡西已经重新上马，调头进入了黑糊糊的大风中。此时西边的黑云已完全笼罩了天空，四面飞沙走石，碎石子拍打在眼镜片上啪啪作响。站在这样的烈风中，感觉快要稳不住身形。连马都不愿意前进了。只见卡西狠狠踢了好几下马肚子，拼命甩动缰绳，马才动了起来，向山下跑去。而我还呆呆地站在门口看着，直到妈妈催促："土太大！快放下毡帘。快回来吃饭！"

大约二十分钟后，外面的班班大叫起来。我赶紧跳下花毡，掀开毡帘跑出去看。风沙中，隐约看到有人骑着马靠近驻地。看了半天，却不是卡西。正失望着呢，那个骑马人在风声中大喊着向我问候。妈妈也出来了，走上前大喊着和他交谈了几句。大约是一个问路的人。

天色已经完全黑透了，无星无月。东方极远的天边却还有一团明亮。大风似乎不是在从西往东刮，而是从上往下刮。毡房颤动不已。回到毡房里，我忐忑不安地喝着茶，难以下咽。耳朵侧向门外，捕捉风声之外最最轻微的一丝动静。看着我这个样子，斯马胡力安慰道："没事，卡西很厉害的！她经常这样的。"

我恨恨想：那你为什么不去找骆驼？这会儿还舒舒服服地坐着，我觉得你更厉害嘛。

好大的风啊。天窗上蒙的毡顶不时被掀开，再沉重地坠下，"啪"地砸在房顶上。然后再一次被掀开，再一次坠落……啪啪啪响个不停。尽管满世界都是烦躁的呼啸声，但还是能隐隐听到不远处溪水那边的青蛙仍像平时一样不慌不忙地呱叫。还是水里好，水里永远都没有风……

我深深担心着卡西，却又想立刻铺开被子睡去。世界上最安全的地方可能只在梦境之中。只有熟睡着的身体最安静最舒适。

大家都耐心等待着。饭吃完了，我收拾完餐桌，大家还坐在原来的位置一动不动。

我觉得过了好久好久，房顶传来沙沙沙的声音。不像刚才小石子砸毡盖的声音了。妈妈大舒一口气似的说："下雨了！"我也知道，下雨就意味着风的停止。

这时，斯马胡力突然说："卡西回来了，骆驼也回来了。"

我跑出去一看，果然，卡西正在不远处的半坡上系骆驼。雨中，风的尾势仍然悠长有力。

我连忙重新铺开餐布，给可怜的卡西准备食物。同时也给大家摆开碗，继续喝茶。

我高高兴兴地说："现在可以睡觉了吧？"

大家都笑了起来。

只喝过一碗茶，大家就纷纷起身出去。原来，还得检查大风有没有吹坏羊羔的棚圈。还要给棚圈盖上塑料布，防止羊羔们淋了雨着凉。

但这雨下得并不大。没一会儿，风势又渐渐缓过劲儿似的重新猛烈起来。

我开始铺床，大家只好先睡觉。在满天满地的风的呼啸声中，我不顾一切地向睡眠深处沉去。

大约凌晨两三点，妈妈起身开灯。卡西和斯马胡力也随之从被窝里爬起来穿衣。大家出去了很久，估计又在检查小羊和小牛的圈棚。那时只觉得天地间异常安静，没有风也没有雨。像是一切都被封冻在了冰块之中。

第二天早上出门时，扎克拜妈妈不停大笑。看到被我倒扣过来压着石头的铁皮盆也笑，看到蒙着编织袋压着石头的牛粪堆也笑。还把卡西和斯马胡力喊出来大家一起笑。也不知道有啥好笑的。

清晨又开始起风，只是没有昨夜那么疯狂了。气温陡降，我翻出羽绒衣穿上，还是冷得不得了。过寒流了，气温骤然降至零下十几摄氏度。山脚下的溪流冻得结结实实。青蛙们不知去了哪里。哎，躲过了风，却躲不过寒冷啊。

最倒霉的是骆驼，刚脱完毛衣……

妈妈只好又寻了些旧毡片（也是驼毛擀的），花了半天时间给骆驼们缝衣服。却只能勉强盖住它们的光膀子。

后来的日子里，当骆驼顶着刺骨的寒流，又冷又累地走在搬家的路上时，若它们知道身上驮着的那些沉重无比的大包小包其实是自己的衣服（剪下来的驼毛片），肯定气死了。

后来才知道，我们所在的位置只是这场沙尘暴的边缘地带。也就是说，只是被大风的边梢扫过而已。加之又在丘陵地区，还不算太强烈。而我自己的家里，我妈在乌伦古河南面旷野里种的那几百亩向日葵地才是沙尘暴重灾区。后来听我妈说，当时的情景实在太可怕了。沙尘暴才来的时候，远远望去像是一堵黄褐色的墙壁，横在天边推了过来。贯通南北，渐渐逼近。当时就她和外婆住在地边。两人都给骇坏了。以为这下完了，刚冒出新芽的土地肯定会被洗劫一空，搞不好得重新播种。幸亏家里没有搭帐篷，只在大地上挖了一个坑，上面盖一个顶，平时就在地底下生活炊息。风从头顶过去，大地之下倒蛮安全的。而那时节葵花苗也刚扎出来没几公分，事后几乎没啥损失。

我们这边就更没啥损失了，牛羊安安静静，毡房稳稳当当。唯一的损失来自卡西。她前两天去东面山间放羊的时候，把我送给她的一个小本子弄丢了。上面抄了许多她正在学习的汉语单词的注音和释义。当时她倒是一点儿也没担心——反正这片荒野从来都不会有人来，牛羊也不会去吃，丢是不会丢的。在荒野里寻找失物，只是时间问题。

我说："那么大的地方怎么找啊？"

她当时极有信心："可以找到。只要不刮风。"

结果，风马上就来了。她哭丧着脸说："肯定飞到县城里了，肯定被城里的人捡走了……"

我只好安慰她说："肯定是城里的阿娜尔罕捡到了。

她一看是卡西的，就赶紧给你送过来……"阿娜尔罕是卡西最小的姐姐，在城里打工。

对了，前面说过，风灾中我花了许多工夫，在大风里追逐被吹跑的东西，并一一捡回毡房中妥善放置。包括半截扫帚、一块破铁皮、一截烟囱和一条破麻袋。也是非常辛苦的。觉得自己还算细心，还算有眼色。结果等妈妈和斯马胡力他们加固完毡房进门一看，花毡边的空地上堆得满满的，便皱着眉头又一一扔了出去。

我连忙说："外面有风！"

他们说："有风怎么了？"

"要被风刮跑！"

他们一边扔一边说："刮跑了再捡回来。"

多么有道理……又不是卡西的小本子，能飞多远呢。

最后再说一件关于抹杀虫剂的事。后来事实证明我们多此一举了——抹过药的牛自然没有生过寄生虫，但那头没抹过药的黑白花牛同样也没生。它可真聪明。

对阿娜尔罕的期待

刚刚搬到吉尔阿特时，卡西就不停地说："阿娜尔罕要来了！马上要来了！"

阿娜尔罕十八岁，是扎克拜妈妈的第五个孩子，从去年冬天开始在县城打工。

比起冬夏牧场，以及迁徙途中的其他驻地，吉尔阿特牧场是离县城最近的——虽然还要走一个多小时的山路才能走到公路边搭进城的班车。

卡西总是念叨着："阿娜尔罕要给我带新鞋子来了！"

她脚上那双球鞋是斯马胡力从阿克哈拉带来的，穿了不到两个礼拜，鞋底子就整个掉了下来。她恨恨地说："假的！斯马胡力只买便宜的！"

斯马胡力说："哪里便宜了？明明是你的脚不好，马蹄子一样。还穿什么鞋子，我给你钉副铁掌吧。"

我问："马几个月换一副铁掌？"

斯马胡力说："要是走石头路的话一两个月就得换了。"

我又问："那卡西几个月换一双鞋？"

他大笑："卡西一个月四双鞋！"

要是那些穿破的鞋，只破了一点点儿倒也罢了，可卡西的鞋一破则定然破到万不可救药。比如底子断成两三截，鞋尖戳破五六个洞。我想帮她补一下都没处插针。这个十五岁的女孩子，真的像一匹小野马。

她每天都会冲脚上的鞋子——鞋底子和鞋面只剩侧面连着一点点，只能勉强挂在脚上——叹气两到三回："阿娜尔罕还不来！"

我出了个主意，帮她用鞋带把快分家的鞋底鞋面直接绑在脚上。她站起来走几圈，又蹦跳几下，很高兴，准备出门放羊。

但这个办法能管多久呢？而且那么难看。

我说："来客人了怎么办？"多不体面啊。

我在附近野地里转了几圈，把她以前扔弃的破鞋统统拾回来。她审视一番，果然找出两只状况比脚上强一些的。然而，准备穿时才发现两只全是左脚的。

她快要哭了："阿娜尔罕怎么还不来啊！"

除了鞋子，阿娜尔罕此行的任务还有发卡、辣椒酱、清油、苏打粉和扎克拜妈妈的长筒袜。

所以妈妈有时候也会嘟囔两句："阿娜尔罕再不来，我们就要搬家了啊。"

阿娜尔罕怎么来呢？走着来？搭摩托车来？卡西每天下午喝茶时，都端着茶碗坐在门口，边喝边注视北面山谷口。一有风吹草动就立刻放下碗站起来，朝那边长久凝望。

每天晚饭时，一家人聚在一起，她总会不厌其烦地念叨一遍阿娜尔罕会捎来的东西。说到最后，有时会加一句："可能还会给我买双袜子吧？"

她把脚抬起来给我们看："这一双就是阿娜尔罕去年给我买的。"

妈妈说："豁切！"（"去！走开"的意思）——她的脚丫都凑到饭桌上了。

有时候她突然想起了什么，又说："上次阿娜尔罕回家带了苹果。这次肯定也有！"

再想一想，又说："没有苹果的话，瓜子也可以。阿娜尔罕也喜欢嗑瓜子。"

思量很久，才终于做出最后选择："还是带苹果吧。苹果更好一点。"

就这样，日子一天一天过去，阿娜尔罕的购物清单在卡西的想象中越列越长。越来越令她期待。但人还是没有一点儿音信。

卡西大约在幻想，阿娜尔罕之所以迟迟不来，肯定还在为买更多的东西而四处奔忙。

可怜的阿娜尔罕，要是令卡西失望了的话，她肯定永远搞不清其中的道理。

"阿娜尔罕"听着像是维吾尔族姑娘的名字。

卡西对我说："阿娜尔罕很漂亮！"

我就开始想象了——怎么个漂亮法呢？

她说："阿娜尔罕会说好多汉话，因为她在回族人的餐厅打工！"

于是我觉得，要是阿娜尔罕来了的话，我俩一定能愉快地交谈。并澄清许多被卡西这家伙翻译得面目全非的问题。

她说："阿娜尔罕高高的，白白的。为什么我这么黑？"说完很忧伤的样子。

我无从安慰，只能说："那就让阿娜尔罕来和我们一起放羊吧。几天就变得和我们一样黑了。"

她大笑："那我要去打工！天天在房子里干活，几天就变得和阿娜尔罕一样白了。"

她又说："阿娜尔罕头发很长，脖子上戴着漂亮的石头项链……"

渐渐地，连我都开始期待阿娜尔罕的到来了。

尤其是等阿娜尔罕来了，我们就有辣椒酱了。我会把每天的晚餐准备得更可口，让大家吃得更快乐。

搬家的日子一天一天临近，卡西的希望一天比一天巨大。

我们去赶羊，爬上附近最高的那座石头山。她长久站立，凝神遥望。方圆十几公里都没有一点儿动静，荒野空空荡荡。风声剧烈轰鸣，我俩交谈时，要用力地大喊才能让身边的人听清。

山顶上有一座以前的牧羊人垒砌的石柱。卡西把它叫作"塔斯阿达姆"——石头人。垒得挺高，突兀地耸立在山顶。每一个经过这片荒野的人老远就能一眼望到。

我听说，在很久以前，这样的石柱是牧人的地标。它们总是出现在荒野中的视野最高处。数量不等。又听说，其数量是有特定含意的，比如立几座意味着附近有水源，几座又意味着前方不远处有游牧村落的驻地，再有几座就说明附近危险，有野兽出没……到如今，这块大地早已被人们摸熟走遍，踩出了无数条道路。很少有人会在荒野中迷路了。于是再也没人需要靠这些石头人的指引走进或走出这片大地。

卡西说："我们也来搭石头人。"

于是我们在山顶选择了一处开阔的空地开始动手。我们先将附近合适的石块集中到那里，垒了一个又大又平的台基。然后像金字塔一样一层一层摞了起来。

摞到一米多高时，斯马胡力骑马出现在眼前。

他斥责道："羊都跑过两座山了，你们还在这里玩石头！"

说完，他下了马，和我们一起玩了起来。

有了这个家伙的赞助，我们的石头人噌噌噌地迅速长高。最后，比斯马胡力还高。于是，我们成功地令吉尔阿特最高的石头人诞生了。

回到家后，一扭头，看到它孤独地站在高山顶上，疲惫得像是很想在山顶上坐下去。又像一个突然出现在那里的旅人。

我们令吉尔阿特从此后的日日夜夜里又多了一道凝视。

我总觉得，这个石头人可能是卡西搭给阿娜尔罕看的。吉尔阿特也是阿娜尔罕小时候生活过的地方。等阿娜尔罕来了，她四下遥望一圈，一定会说："咦，怎么多了一个石头人？"

临出发的头两天，扎克拜妈妈就开始做准备了。原先家里的被子都叠成一米五左右宽，长长一条，高高一垛，摞放在房间进门的右手处。又整齐又好看。现在却往窄里叠，缩成不到一米宽。空间顿时腾开许多。一些平日里不常用的家什全打成了包裹，整齐码在门前空地上，盖着挡雨的旧毡片。

那两天斯马胡力也把所有马鞍、骑具检修了一遍。

大家最后一次清理羊群，反复检查近期一些腿脚受伤及腹泻的羊。对于弱畜来说，每一次长途跋涉就是生死考验。

在整理衣物的时候，扎克拜妈妈从一个从没打开过的大包里掏出了许多半成品的小块花毡和一只绣了一小半的绣花口袋。上面的花纹只是大致轮廓，略略规划了一下颜色的搭配方案而已，但已经足够缤纷美好了。她把它们一一摊开在门口空地上，好像定居者将压了十年箱底的旧东西翻出来晒太阳。这些还一针一针地远远走在路上、远未抵达目的地的绣品们，耐心地、轮廓模糊地美丽着。它们像人一样，也是渐渐长大的。像人一样，生命中更多的时间是用来等待的。

在每一件绣品上还仔细地绣着制作的年月或制作者的名字。不只这些。我们的毡房里，无论彩绘的木柜，还是嵌银片的马鞭，甚至锡铸的奶勺里，都会留下制作的时间和一些古老的名字。于是这些结实而漂亮的物什永远不会因为被用旧了而黯然失色。作为几乎陪伴过每一个家庭成员的童年时光的事物，它们只会变得越来越贵重、越来越亲切。

妈妈翻出一块绿底子桃红色花朵的毡片说："这是阿娜尔罕做的。"

她把这块毡片摆在其他毡片中比来比去。最后决定把它缝在未来花毡的正中央。

明天就要搬家了，阿娜尔罕怎么还没来啊？

传说中美丽的阿娜尔罕，已经进入了城市生活的阿娜尔罕，终日在别人的世界里忙碌辛苦的阿娜尔罕，是否还能记起自己坐在春秋定居点的家中大通铺上，用针线精心地描绘一小块绿色毡片的情景？在做这件事的时候，肯定不只是为打发漫长的冬天，暗中一定还有别的某些完整而热情的想法吧？她还会从城里回来吗？

　　最终，卡西还是没能等到阿娜尔罕的到来。时间到了，我们必须启程了。

　　而在阿娜尔罕那边，肯定也有着同样的焦急和失望吧？她也想回家。她早就收到了扎克拜妈妈托人捎给自己的口信。她已经买齐了所有的东西，还额外给妹妹买了袜子和苹果。然而，总有这样那样的原因，总是无法动身……她掐算着时间，距离自家羊群迁离吉尔阿特的日子越来越近了。每过去一天，她的焦虑就增加几分。她同样地终日辗转不安……终于，我们在失望中拆掉毡房。驼队在石头人的注视下缓缓远离吉尔阿特。

　　说不定那时阿娜尔罕就来了呢。但那时，我们的家只剩下拆去毡房后的圆形痕迹。来晚了的阿娜尔罕站在空地上四下遥望。她一面悲伤着，一面奇怪地想："怎么多了一个石头人？"

涉 江

　　搬家的头几天就开始收拾归整物品。扎克拜妈妈将不常用的家什统统打成包垛在空旷的坡顶上，毡房里顿时空了许多。搬家的头一天中午，大家拆去了毡房。妈妈和我将所有家什器具分类置放。斯马胡力和卡西四处寻找放养在外的马儿。傍晚时分，我和妈妈走遍小山四周，将这段时间产生的所有垃圾清理干净，集中在一起焚烧。玻璃瓶之类无法烧毁的东西就挖坑深埋。总之，大地之上不能遗留任何阻碍青草生长的异物。可能这是牧人们古老的习惯与要求吧。

　　我很乐意做烧垃圾的事，因为可以烤火。沙尘暴过后紧接着就是寒流天气。大风又猛又冷。这是冬天结束后的最后一场寒流，这样的极寒天气至少得维持三到五天。我穿着羽绒衣还裹着大衣，脖子上一圈又一圈地缠着围巾，面对着大火堆仍冷得直跺脚。我边往火里投掷垃圾，边埋怨："头两天天气好的时候为什么不搬呢？"没人理我。

　　垃圾里大多是破鞋子和塑料包装纸。还有两个破塑料盆。火势很猛，三四步之外就热浪滚滚，无法靠近。我在荒野里走来走去，每拾到能燃烧的东西，干草束、马粪团之类，就赶紧走向火堆扔进去。并不时冒着高温凑近火堆，用小棍扒拉一下，使之燃烧得更充分。做这些时，脸烤得通红，头发都快烫焦了似的。但稍离几步，又被浓重的寒气袭裹全身。太阳早已下山，旷野里仅存的最后一抹来自上方的明亮在这团火光的照耀下如坠入大海深处一般遥远。这堆火焰像是从深厚的大地中直接喷薄而出似的。那么有力，那么热情。过了很久以后才熄灭。余烬仍耀眼地闪烁在厚重的夜色中——那一处，像是宝藏的大门开启了一道门缝。

今夜没有毡房了。当天晚上我们只好挤在阿勒玛罕家的石头房子里睡觉。大大小小八个人挤一张两米半宽的木榻，真够受的。

大家一直忙到夜里十一点才纷纷钻进被窝熄灯睡觉。一想到今夜只能睡两三个小时就得起身干活，我紧张极了，巴不得闭上眼睛就能睡着。但胡安西和沙吾列两个小家伙兴奋得不得了，觉得家里从没有这么热闹过，一晚上又叫又跳，好久以后才安静下来。

说是只能睡两三个小时，实际上扎克拜妈妈他们只睡了一个多小时。凌晨一点大家就起来装骆驼了。都是力气活，我也帮不上什么忙，大家便让我多睡了两个小时。

凌晨三点被阿勒玛罕推醒。我摸黑从沙吾列身边爬起，里三层外三层套上全部的衣服，一直套到胳膊都放不下来为止。但还是觉得冷得要命。拎一拎暖瓶，昨晚还剩下一点点儿茶水，便给自己倒了满满一大碗。茶水温吞吞的，喝完还是没能暖和起来。

出去一看，大风呼啸，无星无月。东面黑糊糊的山那边有微微光亮投向夜空，那是斯马胡力他们所在的地方。没有手电，我埋着头，顶着大风，深一脚浅一脚慢慢摸寻过去。走到山梁最高处时，风大得像是好几双手当胸推过来，几乎快要站立不稳。眼睛被吹得生痛，泪水直流。

下了山，好一会儿才慢慢走到近处。才看清那团光亮是家里的太阳能灯泡，被挂在一把铁锹把柄上。大风中摇摇晃晃。而铁锹插在大地上，笔直不动。灯光笼罩着方圆十几步的一团颤动不已的小小世界。那个世界里只有扎克拜妈妈他们三个，只有跪卧着等待出发的骆驼和满地大包小包。这个世界之外，是无边无际的黑暗。

没人惊异我的出现。大家顶着大风，神情严峻地干活，把一捆又一捆巨大沉重的包裹和箱笼架在驼峰两侧横绑着的檩杆或合起来的栅格房架子上。大致估摸着骆驼肚子两边的重量均衡了，再拉紧绳子、打结。打结时，卡西和斯马胡力隔着骆驼，面对面拼命拉绳头。为了能使上劲儿，两人都伸出一只脚紧紧蹬在骆驼圆滚滚的肚皮上。那骆驼沉默着，跪在两人之间一动不动，似乎明白这一切意味着什么。

四点半，东方蒙蒙发白，四峰骆驼全部捆绑妥当。斯马胡力使劲踹着它们的屁股，强迫它们站起来。我们的家，全都收拢在这四峰骆驼背上了。骆驼一峰连着一峰，站在微明的天光里。那情景冷冷清清。

我蒙着大头巾四处走动，仔细逡巡地面。天色暗，小件物品难免有遗漏。这时，阿依横别克不知从哪里冒出来。他牵着我的马，那马儿不知何时已装上了马鞍和笼头。他扶我上了马（穿得太厚，腿都打不了弯），队伍出发了。

天色又亮了一些。我握着缰绳坐在马背上回头看，我们生活过的地方空空如也，只剩一块整整齐齐干干净净的圆形空地。我们一家人在那个圆圈里吃饭睡觉的过去情形幻觉一般浮现了一下。

启程后，天色越来越明朗，但离太阳升起还有一段漫长时光。才开始，驼队行进得很慢很慢。羊群更慢。老狗班班和年轻狗怀特班在队伍里前前后后地跑动。只有它俩看上去很喜悦，虽然一直饿着肚子。

在北面山谷口开阔的空地上，驼队和羊群分开前进。我、扎克拜妈妈和斯马胡力领着驼队往北走。卡西一个人赶着羊群从东面绕了过去。东面有吊桥，羊群不像骆驼，能够涉水蹚过额尔齐斯河。而驼队负重，得尽量抄近道以缩短负重时间。

我看着卡西孤独的金黄色棉衣越走越远越微弱，却永远不会消失似的，那么倔强。很久以后再扭头张望，那一点儿金黄色仍然不灭，在荒茫遥远的山体间缓缓移动。

我们默默前行。天色越来越亮，风势渐渐小了。两个多小时后就完全走出了吉尔阿特牧场的丘陵地带。又穿过一两个有许多树木和白房子的村庄后，抵达了额尔齐斯河南岸。

沿着冰雪铺积的河岸，驼队向东走了半个小时后停了下来。那一处水面最宽阔，水流较为平缓。斯马胡力找了一处地方试着下水，扬鞭策马冲向河中心。一路上，马蹄踩破浮冰，溅起老高的水花。但他还没到河中心就折转了回来，大声喊着：

"可以！这里就可以了！"招呼我们也下水。

眼下这条宽阔的宝石蓝色的大河寒气逼人。它由东向西流，最终汇入遥远的北冰洋。看似平滑的一川碧玉，可我们都深知它挟天裹地的力量——上下游巨大的落差造成了湍急的流速，水流冲击力很大。

扎克拜妈妈下了马，把骆驼之间连接的缰绳又整理了一遍。扣结儿打得既不能太松也不能太紧——太松了一扯就脱开，会轻易造成驼队的失散；太紧的话，万一其中一峰骆驼站立不稳被水冲走，其他的一时挣脱不得，也会被统统拖走。

然后她上了马，牵着这串骆驼缓缓下水，跟在斯马胡力后面向对岸泅浮而去。

斯马胡力在河水的轰鸣声中扭头冲我大喊："李娟，你自己一个人敢过来吗？"

我赶紧连说了好几个"不"。

他又大喊："那等着吧！"头也不回地去了。

我勒住马，停在河边厚厚的冰层上，眼巴巴看着驼队分开激流，左摇右晃地去向对岸。这边的世界只剩我一人。此时天完全亮了。

不，和我一起留在岸这边的还有怀特班。扎克拜妈妈他们下水的时候，老狗班班毫不犹豫也跳下冰层，跟在驼队后面缓慢游动，在浪花中只冒出一个狗头。而怀特班看上去体态大，实际年龄小，从没经历过这种场面。它给吓坏了，悲惨地呜呜着。它几次跳下激流想跟上去，却每次都吓得立刻跃回岸上。只好一个劲地冲着在水里越游越远的班班狂吠。

但它回过头来，看到我还停留在岸这边，便赶紧靠拢过来，绕着我呜咽。似乎我成了它唯一的安慰，唯一的保护人似的。最后也不叫了，卧在我旁边，紧紧守着我。我掏了掏口袋，什么也没有，真想最后再给它一点儿吃的啊。我意识到，可能马上就要与它永远分别了。可它却什么也不明白，还以为虽然离开了大家，好歹守住了我。

妈妈他们很久以后才靠岸。队伍陆续上岸了，班班却还在河中央艰难地向前游动，努力稳住身形不让水冲走。但我看到它明显地偏移了方向，向着下游而去。又好像是被激流卷走。眼看着离妈妈他们越来越远，我想它可能力气用尽了。我的心提到了嗓子眼，忍不住大喊起来：

"班班！班班！"也不知道这样喊有什么意义，能帮上什么忙……好像它听到了可能会清醒过来，继续奋力向前似的……

远远的河对岸，扎克拜妈妈下了马，顺着河岸向下游跑，似乎也在大声呼喊着班班。但水声轰鸣，什么也听不到。终于，我看到它游到了河岸边的浅水处。水流在那里回旋，水速减缓。于是班班一下子加快了速度。它三下两下蹿上了河岸，激动地向妈妈奔去。然而到了近前又被妈妈喝止。妈妈不喜欢它的亲热举动。

这时斯马胡力骑着马下水返回，向我游来。

我低头轻轻对怀特班说："你看班班多厉害！你比它年轻多了，腿又长，骨架又大，一定也能行的！"

怀特班眼睛明亮地看着我，因为对我所说的语言一无所知而显得分外纯洁无辜。

斯马胡力靠拢了，他接过我的缰绳，试着领我往前走。我的马儿踩着水边的薄冰小心翼翼地下了水。浅水的晃动令人突然产生眩晕感。我突然间异常恐惧，不知怎么的一下子把两只脚全缩了起来，抬到马背上夹住了马脖子。斯马胡力大笑起来，安慰我不要怕。但我怎么可能不怕！水浅的地方都这么吓人，一会儿到了水深的激流处，肯定会坐不稳掉下去的！我扯住缰绳不肯往前再走一步。斯马胡力只好牵着我的马回到岸上。然后上了我的马，骑在我马鞍后面。他一手挽着我的缰绳，一手牵着自己的空马，抱着我似的继续前进。这下安心多了。

只是还在担心怀特班。回头看时，它绝望地在岸边来回走动，几次伸出爪子试探着想下水，都缩了回去。没有希望了，我深刻地感觉到它的"没有希望"。

直到我们真的走远了，我又大喊了一声它的名字。它这才猛地冲进水里，拼命向我们游来。我努力地扭头往后看。可惜这次同样没游多远，这只笨狗又一次打了退堂鼓，连滚带爬回到岸上。亏它平时那么凶狠的样子，肯定全部的胆量都用来咬班班了。

也可能并非它胆小，而是它了解自己的极限。它和班班体质不一样，它只是一条普通的田园犬，逞强只会让它丧命。而班班是北方牧羊犬品种，更耐寒更胆大。

眼下这可怕的寒冷的大水啊……它不愿意死去，又不愿意离开我们。没有希望了。

没有家的狗最可怜，从此就成了野狗。如果在城市里，还能在垃圾堆里扒寻些吃的。可这荒山野岭的，它去哪里找吃的？今晚它睡在哪里？会不会一个人孤独地回到我们扎过毡房的旧址上，怀着最后一线希望在那里等待——愿我们马上就会回到家，重新卸下骆驼，热热闹闹扎起毡房，永远生活下去……夏天倒也罢了，饥饥饱饱都能扛得过去。到了冬天怎么办？冬天长达半年，大雪封盖一切，它将带着委屈和不解死去吧？……

又想到，要是刚才不顾一切把它抱在马背上的话，说不定……不，那不可能！首先，扎克拜妈妈和斯马胡力肯定不会同意的。传统观念里大家都认为狗是肮脏的，对一条狗示好的人恐怕也会令人讨厌。再说了，怀特班可从来没骑过马，它胆子又小，说不定它对马背的恐惧不亚于渡河。万一它搞不清怎么回事，行至河中央看到四面大水，出于本能挣扎起来的话，马儿一受惊，不只是它，我、斯马胡力还有身下的马，我们四个统统性命攸关。眼下是真正的生存险境，不是游戏，不是演习。不能软弱，不能试探。

　　唉，刚才它要是跟着卡西的羊群走多好，那边走有吊桥的路，不必渡河。

　　……可是，就算过了吊桥暂时跟上了队伍又能怎样？眼下的困难都不能克服的话，往后一路上还有更多的艰难险阻，早晚还是挨不过去的……可能这就是它的命运吧……只但愿它聪明一点，回到刚才路过的那些村庄。然后再有眼色一点，能被好心的村民收容……

　　我胡思乱想着，不知不觉间快要接近河心了。河中央的风更猛于两岸，也更冷于其他任何地方。马儿浮在水中，拼命向前游动，我高高抬起两条腿放在马背上，裤子还是里里外外湿透一大片。但也顾不上许多了。此时我们正处于最危险的时刻。然而出于对怀特班的悲伤，惧意被冲淡许多。我恍恍惚惚地往前看，眼前视野分成了两个世界，下半部是河水，上半部是彼岸。彼岸广阔的风景正在持续向东推进，而河水则滚滚向西流。两者错开的地方仿佛不是空间的错开而是时间的错开，奇异而锋利，奇异而清澈。心里明明白白地还在牵挂着怀特班，却已无力扭头看一眼了。眩晕感铺天盖地。斯马胡力，我们不是要过河吗？我们不是过河吗？为什么你却引着马儿逆流而上？只见我们的马头迎着波浪，破开水流，分明在往上游行进。恍然间又好像马儿其实一动不动，只是大水迅速地经过了我们……为什么要逆流而上？我们不是要过河吗？……我有点糊涂了，却又不能开口说一句话。时间无比缓慢。我们不停地向上游行进，同时又一直停留原地，被困在河心。四面波涛滚滚。那么冷，那么冷。但冷已经不重要了。最重要的是没有希望。真的没有希望了……

——直到终于接近对岸的时候，才猛地清醒！刚才的幻觉猛地全部消失。突然看清，流动的只有河水，对岸广阔的风景一动不动，深深地静止着。

原来渡河的时候，有一个常识，就是不能盯着河水看，要往远处看，否则会失去参照物。斯马胡力一直盯着对岸的驼队前行，无论眼下的水怎么流都不改变方向，所以走的是准确的直线距离。而我一会儿看水，一会儿看远方，目光游离，心神不宁，所以才有迎着逆流往上走的错觉。

而班班刚才肯定也产生了同样的错觉。它毕竟是条狗，身子小，淹没水里后，没法看清对岸，只能凭本能逐波向前。所以在水里划出长长的斜线绕了远路。开始我还以为它是被水冲到下游的呢!

全都过了河后,斯马胡力又检查了一遍驼队。妈妈冲着对岸呼唤着怀特班,一遍又一遍,喊了许久。

我们再次整装启程,沿着河岸向西走。在河的对岸,怀特班也在往西跑动,不时停下来隔江遥望、吠叫。它还以为自己仍然是和我们在一起的。直到我们在岔路口拐向北面离开河岩,才永远地分离。

我不敢回头看了。这时候,风又猛烈起来,冰冷的太阳高高升起。

向北的路

最让人伤心的是，过河的时候我把马鞭弄丢了！那可是新的！是前两天斯马胡力刚刚给我做的。而且家里只有我和卡西有像样的马鞭，妈妈只用一截羊毛绳打马，斯马胡力则用马缰绳的末梢凑合。

我哭兮兮地跟在驼队最后，斯马胡力安慰着我。在经过一棵大柳树时，他折了一枝柳条给我，代替马鞭。

但我还是老落在队伍最后。我的马非常蔑视我，理都不理我，边走边啃路边的草吃。一遇到小水流就停下来，喝个没完没了。无论我怎么踹它肚子，抽它屁股都没用。还左颠右晃的，一心想把我当个累赘甩出去。斯马胡力便在路口和我换了马。一骑上他的马，我立刻冲到了队伍最前面。

斯马胡力的马真是好马啊！稳稳当当，健步如飞。"稳稳当当"是我很喜欢的，至于"健步如飞"嘛……唉，再好的马让我骑都浪费。

记得最开始进入牧场的时候，骑马真是一件苦差事。

那时我说得最流利的一句哈萨克语就是："屁股疼！"

尤其骑马上山的时候，山路一陡，马就不听话了，只拣自己喜欢的地方去。哪儿草多，哪儿有水，哪条路回家快，它比谁都清楚。

马是敏感的。若是你没有骑马经验，它立刻就能感觉到。然后就会不服气你对它的操控。它心想："明明我比你强多了，凭什么你骑我？"

你要是指挥它走错了路，置于危险境地，它就更鄙视你了。心里又想："自己笨，还连累我。"

于是它再也不理你了，任凭你又抽鞭子又蹦脚的（反正它皮厚，也不疼），掉头就走。笔直地踏上回家的路，好回到家赶紧把你卸掉。

后来稍微熟悉一点儿骑马这件事了，它才稍微听话一点儿。但到了危险的地方还是信不过我，站在原地，一步也不肯往前。任我又踢又打，缰绳都快扯断了仍纹丝不动。

哼，它害怕，我比它更害怕呢。它好歹四个蹄子都踩在地上。我呢，两脚悬空，上不着天下不着地。太不踏实了。

从陡坡一面下山的时候，不需你指挥，它自然晓得走最科学的"之"字形路线。慢慢吞吞地，从山体这边划到那边，再拐个弯悠长地划回来，小心翼翼。依我看，未免小心得过分了。其实完全没必要将这个"之"字形的幅度拉这么大嘛。我也看出来了，它肯定觉得反正闲着也是闲着，一个劲儿地和我磨时间，磨到天黑了好赶紧回家。

骑马放羊，是为了随时赶在羊群前头，把羊群错误的行进方向纠正过来。可当羊群漫天散开的话，对我来说，马跑得再快也收拾不住。更何况一会儿策马朝东跑，一会儿又勒过马头来朝西跟。跑着跑着马先生就不耐烦了，脾气一上来，说啥也不肯跑了。慢吞吞地跟在羊后面，还没我步行快。我一着急，干脆跳下马，牵着马就跑。一边追，一边冲羊群丢石头。好不容易才控制住混乱局面，把大家统统赶回正路。

大家远远地看着，都笑我："有马不骑，牵着马赶羊！"

好在这一次是跟着大队伍走的。马恐怕比我更晓得千万不能掉队，一路上倒也没让我操什么心。

真冷啊。到了中午，风势越发猛烈，天地间呼呼作响。太阳虽明亮却毫无温度。此时，脸上像被人揍了一顿似的僵硬。表情僵硬，手指僵硬，双肩僵硬，膝盖僵硬，脚踝僵硬。已经连续骑了七八个钟头的马，感觉浑身都脆了，往地上轻轻一磕就会粉身碎骨。又不敢随意动弹，稍微踩着马镫子在马鞍上起一下身，都会觉得寒冷立刻逮着空子，迅速袭来，扑在浑身仅存的一小团温暖上（屁股下面）。

刚才渡河时弄湿了双腿，一直湿透到里面的毛裤和秋裤。但这个与此刻正在攻击自己的寒冷相比，完全算不上什么。起码那两条湿腿此刻紧贴着马肚皮，好歹马肚皮是温暖的。

我的羽绒衣的领口高高竖起，挡住了下巴，却因呼吸而濡湿了一大片，很快又因寒冷而冻成硬邦邦的。只有挨着嘴唇的一小团面料一点儿软。由于马儿一走一晃，领口的坚硬处反复摩擦下巴，渐渐把下巴擦破了一大块皮。生痛生痛的。但又不敢放下领口。宁可痛死，也不愿冷死……我觉得此刻自己全部的力量与凛冽大风的僵持状态刚刚持平。再增加一丝一毫的寒冷都会令这天平陡然倾斜，瞬间将人击溃。

我不说话，眼睛不乱看，脖子不左右乱扭。全部的注意力用来感受冷，一滴一滴地品尝，再一滴一滴地将之融化……快要到了，快要到了……扎克拜妈妈说中午时分一定会到的。

斯马胡力穿得非常单薄。谁叫他的新衣服那么瘦呢，里面除了一件毛衣就再也塞不进一根布丝了。谁叫他非要穿新衣服上路呢？不过卡西今天也穿着新衣服，扎克拜妈妈也格外打扮了一番呢。对哈萨克牧人来说，转场搬家是如过节般隆重的大事。只有我顾不得那么多，穿得浑身圆滚滚的，上下马都得要人扶。而且想到途中一定会很辛苦，到了地方，又是卸行李又是搭房子，还得干许多活，所以穿的都是脏衣服。对于我这个破坏队形的邋遢鬼，妈妈很不满。

斯马胡力打着马不时跑前跑后地照应驼队，倒是看不出冷的意思。到底是年轻人火力壮啊。

但一路上大家都一声不吭，似乎都在忍受同样的痛苦。不知赶着羊群的卡西此刻走到哪儿了。不知她冷不冷。

刚涉过大河，浑身湿透的班班此刻也非常疲惫了。不再像刚出发时那样兴奋，前前后后地乱跑。此时跟着驼队一步一步地老实前行。我记得在此之前它好几天没有吃东西了——至少好几天没有从我们这里得到食物，没见有人喂过它。在荒野里它能找到些什么东西果腹呢？又冷又饿的可怜的班班啊。我因担忧它而越发伤心起来。又想到了此时被遗弃在额尔齐斯河南岸的怀特班……仍然没有希望。驼队的行进在继续，冷也在继续。我甚至感觉到自己可能挨不过这趟行程了……

离开额尔齐斯河北岸没多久，视野中的绿意陡然浓厚了几分。一些地方甚至能冠以"青翠"一词。路边水流很多。虽然再没经过村庄，但沿途到处是田野，大都还没有播种。怪不得有人说新疆地理特征是"南苍北润"，果然是越靠近北边的山区，就越发湿润清凉。

途中经过最荒凉的地方不是成片的戈壁滩，而是一大块废弃的葵花地。大约种过许多年的葵花了，过度施肥，发白的地面严重板结。田埂也是坚硬的，一条一条平行流畅地伸向远方。最后一次播种留下的一些葵花秆稀稀拉拉插在埂子上。这块地有数百亩，我们走了很久才完全通过。此处真像是一块大地的尸体。

往下的路途，地形舒缓起伏，一直没经过什么大山。山在眼前的视野尽头连绵起伏，那就是阿尔泰山。

每到一处水草丰美的开阔地带，我就想："怎么还不停下来呢？难道这里还不够好吗？"

但一句话也说不出。寒冷令我深深地躲藏在重重叠叠的冰冷衣服里面，只露出两个眼睛。身子一动也不敢动，任马儿驮着我跟着驼队走啊走啊。

然而接下来的地势却越来越高，渐渐干燥平缓。最后，完全进入了一片戈壁滩。

我终于绝望了。眼下这荒茫茫的大地，不知还要走多久才能完全穿过！扎克拜妈妈不是说中午就能到吗？

就在这时，脚下路一拐弯，我们绕过一个小土包，看到眼前空旷的荒野上出现了三顶毡房、大大的石栏羊圈和一小群人。

我看着斯马胡力策马奔跑过去，远远和他们打起招呼来。妈妈也勒停了马准备下去。

我大吃一惊："就是这里吗，妈妈？"

妈妈终于露出今天的第一个笑脸："对啊，塔门尔图到了！"

我一时不愿下马。扭头四面看看，空旷的戈壁滩微微

地起伏着。四面无际，群山遥远。这个地方……简直比吉
尔阿特还不如！

　　起码吉尔阿特还有一小片沼泽呢，还有大块的冰雪，
还有连绵的山坡……

　　顿觉之前一路白白经过那么多美好湿润的地方了……
我还以为最终去向的会是什么更好的地方呢！

最最热闹的地方

到塔门尔图了。驻地上先到的几家毡房里走出两三个衣着整齐干净的女人，远远迎上来和下了马的扎克拜妈妈握手。大家没完没了地互相问候。然后一起动手，七手八脚帮我们卸起骆驼来。

装骆驼的时候折腾了很久，卸的时候却飞快。没一会儿，我们全部的家什都堆积在远离那几顶毡房的一片空地上了。再给终于一身轻松的骆驼们系上脚绊，让它们去附近找草吃。然后妈妈整一整头巾和外套，带着我和斯马胡力弯腰走进三顶毡房中最大的一顶。

一进去，立刻就知道了：这趟痛苦的行程真正结束了。

啊，荒野里居然有如此美好的所在……

这个毡房相当大，是我家毡房的两倍有余。地面平平坦坦，干干净净。花毡全是崭新的。上面坐着许多人，围着一大块堆满了食物的餐布。那些食物统统闪闪发光，油水很足的模样。而在座的人们统统穿着新衣服。

看我们一家人浑身寒气地走进来，女人们纷纷起身张罗。她们从外面抬进来一架银光簌亮的铁皮炉。又有人抱进来一堆劈柴（——他们居然烧柴！这种地方居然会有整齐的劈柴！而我家平时只有牛粪可烧）。很快炉火生起来了，柴火烧得噼里啪啦响。大家纷纷把我和扎克拜妈妈让到最靠近炉子的地方。

我伸开十个指头紧紧抱住炉子一般烤起火来。

很快我的奶茶也递了过来（——奶茶！我们家只有黑茶……），滚烫喷香。我端起来正想喝，扎克拜妈妈迅速挖了一大块黄油扔进我的茶水。黄油立刻融化在滚烫的茶水里，给茶水镀上一层明亮的金色。那情景令人倍感幸福。

我正赞叹着，妈妈又啪地往我碗里扔了一枚金黄油亮的包尔沙克（油炸的面食）。

接下来她不停地扔。一边和主人交谈，一边不动声色地扔啊扔啊——好像怕我吃亏似的。怕我在人多的地方抢不过别人似的。

我边吃边无限艳羡。这家人可真有钱，真阔气！又暗想：没对比的话，还真不知道我家这么穷……

总之，经过漫长寒冷的跋涉后，突然跌进这样一个暖洋洋香喷喷的好地方，真是大大地安慰了我们受苦的心啊！

大家各吃各的，彼此间低声交谈。我们进来之后，宴席便分成了两席。差不多是按男女分开的。大约有二十来个人。满地都是小孩子，旁边还有四五个婴孩躺在一起。这真是我进入牧场以来遇到的最热闹的场面了。

难道今天有什么喜事吗？

这时，厚重的毡帘掀动，一头羊进来了。后面紧跟进来的人拽住羊脖子上的毛，令它跪在众人面前。我知道要宰羊了。坐在上席的那个平静有礼的年长者伸出双手摊开掌心，开始做"巴塔"（祝祷辞）。所有人也都摊开掌心聆听着。祷告内容很长很长，似乎说尽了一切事情。我虽然经常吃手抓肉，经常听人做巴塔，但从没听过这么长内容的。虽然意思听不太懂，但从他的语气、神情，以及满室人庄严的安静氛围中能感觉到，其内容一定是与感激和祝福有关。我也摊开掌心，做出这种类似乞求的姿势。再看向那羊，似乎它已经明白了一切。只见它轻轻地睁着眼睛，凝视着空气中不存在的一点。抱着羊的那人把羊头环进臂弯，也摊开双手郑重地聆听。

祷告完毕，我和大家一起说"安拉"，用双手向上抚面而下。

这时，发现妈妈不在了。

等了半天都不见她回来。我坐在陌生人中间很不是滋味，便悄悄离席，出去找她。

在旁边几个毡房门口探头看了看，都没有。再走远一些，发现妈妈和斯马胡力已经开始在远处空地上拆包裹搭房子了。我赶紧跑过去帮忙。咳，这种时候我最能派上用场了。

因为这次在塔门尔图住的时间不长，我们没有搭常规的毡房。一共四个房架子，只用了三个。房架子是栅格状的，把它们拉开，围成圈，就成了四面的墙壁。墙架子上方绑上放射状的檩条子，檩条末端直接交叉着靠搭在一起，没像往常那样顶天窗。

扎克拜妈妈曾经形象地告诉过我，这种房子是"头上打结儿的房子"。当时我还不太明白。她就掰过斯马胡力的脑袋，让我看他后脑勺上的旋儿。果然，这样的房子头顶也有一个旋儿啊。

这样搭起的毡房很小很小。室内除去铺花毡和架炉子的地方，余下的空地只够让两个人肩靠肩站着。连被褥都没地方放，只好堆在外面空地上。上面盖着毡子挡雨。幸好后来几天一直没怎么下雨。

折腾了两天，又跋涉了一天。我们的被褥像是在土堆里打过滚似的，一拍就腾出一篷白茫茫的尘土。

身上也是，一拍就四处冒烟。

脚上的袜子扯住一弹，也腾起一股土。

连最最贴身的内裤也……

这个地方比吉尔阿特还要干燥。土气更大。路上铺了厚厚一层面粉似的细土。刮起风来，满世界云里雾里。

不到半小时的工夫，我们"头上打结儿的房子"就在土堆里立起来了。

我催着斯马胡力赶快去迎接还在途中的卡西，自己开始收拾房间。

收拾房间的工夫，不停地被打扰。一会儿来一个人到门口瞅一眼，一会儿又来个人进房子转一圈。问他们有什么事，也不说话。问他们找谁，还是不说话。

已经适应了没有人的吉尔阿特，乍然间到了人多的地方，一时半会儿还真不习惯。

再想想又觉得可笑。出门四面一望，坦阔无垠的大地上只有我们这几个毡房紧紧依偎在一起。像互相靠着取暖似的，又像荒野中迷路的几个人聚成一堆，一步也不敢乱动。四面八方空旷无物——这也叫"人多的地方"吗？

卡西直到半下午才疲惫地到家。我一看只有她一个人，忙问："斯马胡力呢？"

她说在后面赶羊。

于是我又开始担心斯马胡力。

卡西这么累也没休息一下，到家的第一件事就是去打水。说要梳洗一番才去见爷爷。

原来爷爷先我们两天就搬到塔门尔图了。可刚才在席间为什么没有遇到他？

塔门尔图居然有现成的水，再不用背冰了！我很高兴，赶紧跟着卡西去看水。

水源很远。我俩离开毡房和人群，在戈壁滩上走了好一会儿才走到一处突然陷落地面的凹坑边。小心地走到坑底，果然最低处停着一汪静静的水洼。水中央扔着一只破轮胎。卡西拎着桶踏上那只摇摇晃晃的轮胎，俯下身用一只碗一碗一碗地舀水倾倒桶里。边舀边撇开水面肮脏的浮物。水极浅，且浑浊。估计打满五六桶，这个水坑就见底了。得耐心地等它一点儿一点儿渗满了才能继续取用。

于是更怀念吉尔阿特了。

接下来卡西着实梳洗打扮了一番。有些松散的头发重新梳得光溜溜的，皮鞋也擦了一遍。然后出门迅速消失在远处一群花枝招展的姑娘间。

可没一会儿，她又回来了，身后跟着一个非常文静体面的长辫子姑娘。她对我说，爷爷要我也过去呢。我立刻紧张起来，赶紧擦了一把脸跟着走了。边走边打量那个不认识的姑娘，不由小小地自卑起来。妈妈和卡西他们真英明，都穿上最漂亮的衣服，只有我又脏又滑稽。头一天妈妈和卡西还特意洗过头发。我觉得马上就长途跋涉了，风又大，洗完了还是会在尘土飞扬的大风里弄脏，于是顶着灰蒙蒙的脑袋上路了。唉，看来生活再艰辛也不能将就着过日子啊……漂漂亮亮、从从容容地出现在大家面前，不仅是虚荣的事，更是庄重与自信的事。

我们进入的还是刚才那顶最大的毡房。原来毡房主人是卡西的叔叔，卡西爸爸的弟弟。今天的拖依（宴会）是一个分家的拖依，将持续三天。今天是第一天。从此，卡西的叔叔和他最小的弟弟海拉提（其实不是弟弟，是侄儿。是扎克拜妈妈的大儿子。他一出生就根据习俗被赠送给爷爷，成为爷爷最小的儿子）分为了两个家庭。不仅是毡房，两家的牛羊和牧场也分开了。爷爷也脱离了大毡房，跟着小儿子海拉提一起生活。

毡房里的人比刚才多了一倍。全都是前来祝贺的客人，来自附近的牧场和喀吾图小镇。但人越多，却越安静。满室鸦雀无声。我穿过安静的目光走向上席，心里直发怵。后悔没有擦鞋子，没换条干净裤子。

一进房子就一眼看到了爷爷。他坐在上席正中的位置，一副旧式哈萨克人的打扮：白胡子，头上包着白头巾，旧的蓝色条绒坎肩，笨重的大靴子。身子又瘦又小，神情温和喜悦。

而毡房主人却高高大大，威严庄重，架势跟领导似的。怎么看都不像爷爷的孩子。

我一看就很喜欢爷爷，赶紧上前问候。大家把我让到上席右手第三个位置。满室的目光都聚焦过来，房间里越发安静。

明明知道大家都在等着我开口，但一时真的不知该说些什么好。只好装傻，一副没见过大场面的模样。果然没一会儿，大家就不理我了，扭头各说各的去了。

虽然满室都在交谈，但没有一个大嗓门的，全都压低了声音静静地说话。这种氛围真是又有礼又拘束。这时我隐约听到女人堆里有议论我的声音，便头也不抬地喝茶，任她们从头到脚打量着我。

但隐约听到——"……裁缝的女儿……做得很好……毛衣也织得好……"之后，忍不住看了过去。她们都轻轻笑了起来。果然，有一两张隐约熟悉的面孔。

扎克拜妈妈早就给我说过了，喀吾图小镇离此地不远，就在东北方向十几公里处。我小的时候曾在那里生活过几年。当时我妈是裁缝，我自然就是"裁缝的女儿"了。另外我家还做过织毛衣的生意，村里几乎每人都穿过我织的毛衣毛裤毛背心之类。想不到这么多年过去了，大家都还记得我，真令人得意。

我左边的老人很健谈的样子，会说好多汉语。他告诉我，他是爷爷的亲家，是喀吾图的农民。还说他认识我的妈妈"老裁缝"，并请我代为问候。

我说我妈现在不干裁缝了，也开始种地了。他断然说道："种地不好！一年一年一年，不好了！"

我猜他是说"一年比一年不好"。

他又指着爷爷说："这个尕老汉嘛（居然这么称呼爷爷……），他的儿子拿了我的丫头。我的儿子嘛，又拿了他的丫头——就是这个样子的嘛！"

原来是双重亲家啊。我被这种"拿来拿去"的说法逗乐了。

我右边就是毡房主人，卡西的叔叔。他也会说几句汉语，自我介绍是牧业寄宿制学校的退休教师。和我用汉语聊了没两句，就突然告诉我，他没有胃。因为去年患了胃癌，胃被切除了三分之二……真令人心惊啊。

怪不得神情冷峻严厉，并且举止迟缓，一定出自身体上的不适。

我一时不知道说些什么才好。他那么大个男人，肯定不需要安慰了。但也不能祝贺他恢复健康吧，他明明看上去很难受的模样。

我只好小心翼翼地问："那，还能不能吃肉？"

他一下乐了："能！你看，羊也宰了，羊肉马上就端上来！"

但我没等到吃肉就退席了。毡房里人太多，肉是给客人们提供的。自己空手而来，怎么好意思被当作客人安排呢。

卡西一直没有入席，之前向长辈们问候完就出去了。这会儿正和两个女孩埋首在室外灶台边一大堆碗碟中奋力大洗。妈妈也在大肉锅旁边跪坐着，喂柴烧火。我看了一圈，什么活都插不上手，就回家继续收拾房子。

花毡上全是泥土，但是翻遍了所有的包裹都找不到扫把。好在我聪明。出去在附近的野地里走了一圈，拔回来一大把芨芨草，三下两下就扎了个相当漂亮的扫帚。使用起来所向无敌。

傍晚，我开始准备晚饭，却发现家里一个碗也没有了。原来被大毡房那边的宴席借走了。只好烧了茶坐下来等待。

妈妈和卡西她们回来时，不但带回了所有的碗，还端回了一大盆羊肉汤！还有几块用餐布包着的大骨头！虽然全是宴席上吃剩的，骨头上面已经没挂几根肉丝儿了，我们还是高高兴兴啃了半天。哎，今天一下子吃了这么多好东西！真是令人心满意足。

唯一郁闷的是，大家看到我的扫帚后都不觉得意外，顺手拿起来就用，对它已经很熟了似的。得不到夸奖真是遗憾。

客人们

夜里我们躺在各自被窝里，讨论眼下这几户人家的亲戚关系。真是盘根错节，错综复杂。但是卡西这家伙来介绍的话就简单多了——只要是男的全都说是她的姐夫，女的全是她的嫂子。

我问："怎么会只有姐夫和嫂子呢，姐姐和哥哥都在哪里？"

卡西想来想去，断然道："姐姐嘛，就是嫂子，哥哥就是姐夫！"奇怪的概念。

而且卡西给我介绍的内容往往和客人的自我介绍大不一样。比方说她说某个女孩是叔叔的妹妹，可对方分明告诉我她是叔叔的女儿。妹妹和女儿的区别多大啊，亏她也能搞混。

第二天，毡房刚刚收拾出来，就陆续有人来我家做客了。大多是参加拖依的客人，顺道过来寒暄两句。

第一位客人是卡西的二姐莎勒玛罕的婆婆。这位亲家母很胖，戴着只露出五官的白色头盖。虽说礼性是生养过孩子的妇人都会戴头盖，但现如今只有虔诚于宗教的上了年纪的老太太才这么打扮了。既然戴着头盖，可谓德高望重，因此穿戴上也不能马虎。只见她衣裙厚实，靴子沉重，银手镯极粗，戒指上的石头极大。

我连忙开始张罗茶水，却被扎克拜妈妈止住。接下来，我看到这位老太太拎起我家的净手壶出门而去。——原来只是为了找一个清净的地方做乃麻孜（礼拜，虔诚的穆斯林每天都会做好几遍礼拜）……

也是，比起其他几顶热热闹闹待客的毡房，我们临时的"头上打结儿的房子"的确清静多了。

老太太回来后，自个儿从墙架子上取下斯马胡力的黑外套垫在膝盖下，面朝西方开始念祈祷词。大约进行了五分钟。期间，大家各干各的，然后坐在旁边低声谈论别的事情，互不打扰。一直等她结束之后，妈妈取出餐布裹儿展开，我们一起陪着老太太喝茶。喝完茶，收拢餐布，撤去小桌子，大家又聊了一会儿，老太太才告辞。

等她一走，扎克拜妈妈立刻精神抖擞，大声吩咐我重新摆开桌子铺餐布。接着，她像变戏法似的抓出一大堆花花绿绿的糖果撒在餐布上冷硬的食物间！原来，爷爷家结束宴席后，女主人把席面上剩下的糖果分配了一下。妈妈和卡西因为帮了半天忙，于是也分得了一份。哎，不知为什么，亲家母在的时候不好意思拿出来……妈妈便一直揣在怀里，一直按捺着。直等到她离开了，才给我们惊喜。

于是我高高兴兴排开碗冲茶，大家就着糖果重新又喝了一轮。并兴奋地聊起这两天拖依上的见闻，议论每一个客人。

还是自家人在一起更快乐自在啊！

第二个来拜访的亲戚是卡西诸多嫂子中的一个。然而她也不是来喝茶聊天的。她刚到地方，内急，前来打听厕所在哪里。天啦，真文明，连我都忘了世上还有"厕所"这么一个东西了。于是我带着她向西南方向大地突然洼陷的地方走去。

我刚到塔门尔图不过一天，俨然已经成为能够令人信任的"本地人"了。

果然，这位年轻的亲戚是位城里人。她很能说一些汉语。语速急促，神情认真，不苟言笑。在我们去上厕所的那一路上的短暂时间里，她着急又紧张地告诉了我数不清的事情。包括她和卡西是什么关系，她丈夫和卡西爷爷是什么关系，她丈夫和卡西大姐夫是什么关系，她小姑子和卡西叔叔一家又新近搭上了什么关系……此外，她还完整地告诉了我她所有孩子的情况、她婆家的情况、她家今年夏天的计划、冬天的计划……听得我目瞪口呆。别说插嘴，就连一根牙签也插不进去。但是为什么会显得如此着急呢？像是一个正在为自己辩解的人似的，急不可耐地说啊说啊说啊说啊……而我，我除了认真地听啊听啊听啊听啊，似乎什么忙也帮不上了。

突然，她问我："你多大了？"

没想到话题突然就转到了自己身上。我一愣，正要回答，突然看到傍晚淡红色的空气里有几片白色的雪花飘在她深色的呢料大衣上。

我大吃一惊："下雪了？！"

快六月了还在下雪，这倒没什么奇怪的。奇怪的是，雪是从哪里来的？

抬头一看，傍晚的天空蓝幽幽的，只有几团薄薄的絮状云雾。

我们又一起扭头向西北方向看去。太阳已经完全落山，但天边的余晖兀自燃烧着层层叠叠的云霞，通红一片——雪是从那边来的！

是的，它们并非从天上垂直落下，而是如斜阳一般横扫过大地，与大地平行而来……太不可思议了！太奇妙了，真是从未曾经历过这样的情景！

身边这位城里亲戚也一时闭上了嘴巴。我们俩呆呆地站在空旷的大地上，面向西方，迎着笔直掠过来的雪花，看了好一会儿。

空气清新，天空晴朗。好像有风，又好像没有风。如果有风，更像是雪片飞翔时拖曳出来的气流。这场雪虽然不是很浓密，但大片大片地迎面而来，逼着眼睛直飞过来，极富力量感——好像我们身后的地方不是东南方向，而是无尽的深渊……

好像地心引力出现了微妙的转移……

我忍不住回头望——天啦！

在身后，在东方，不远处的空地上，一朵云掉了下来！

它掉到了大地上和地面连到了一起！

此时，如果我们再急走数百步就能直接走进那朵云里！

我只在山区见过停在身边的云，还从来没有在平原的大地上见过。

据我目测，那一团云有一两亩地大的面积，有两棵白杨树那么高。它在暮色中泛着明亮的粉红色。

我越看越觉得冷，想跑进云里看一看的想法迅速消失。

面对真正的奇迹时，是没法维持好奇心的。

再说，突然涌上全身的寒意让人害怕。我连打几个冷战，裹紧衣服，拉着这个女人走了。一路上她继续不停地说这说那，但我什么也听不进去了。

一回到家，这个女人就迅速消失，此后再没见过她。

至于雪呢，也只飘了十几分钟就恢复正常了——开始慢悠悠地从上往下飘。半个小时后完全停住。落在地上的则迅速化去，梦一样结束。

天边的云霞也渐渐熄灭，天黑了。

就是这一天的黄昏，妈妈骑马去喀吾图小镇拜访亲戚，说晚上不回来了。

这一天的晚餐，我们三个决定吃粉条。粉条是不久前大毡房那边分给我们的，只有很少的一小把。我们三个吃还紧巴巴的。加上我们毡房刚刚落成，零乱而局促，于是谁也不希望晚上来客人（哈萨克人有与客人分享食物的礼性）。偏偏这几天大毡房那边举办拖依的，到处人来人往的。客人们总是一顶毡房一顶毡房地挨个串门子，认不认识都会掀起门帘往里瞅一下。瞅到有人在家的话，就径直走进来一脚踩上花毡坐着了。这也确实理所应当。于是这两天我从早到晚都在不停地烧茶待客，连出去捡牛粪的时间都没有了。

尤其是一些小伙子，把我们的小毡房当成打扑克牌的好地方。其他毡房都有老人嘛。当着老人的面打牌赌钱，未免失礼。

总之这顿晚餐准备得相当艰难。好狗班班一叫，我们三个一起跳起来七手八脚地盖锅盖、收锅子、藏筷子，再迅速拎一只茶炉压住炉火。好在大部分时候只是虚惊。

等香喷喷的芹菜炖粉条端上桌后，就更危险了。我们每吃几口，就竖着耳朵听一阵。

不幸的是这时真的来人了！眼看着脚步声已经到了毡房后面，还有人在喊："斯马胡力在吗？"卡西二话不说跳起来，把盛粉条的盘子倒过来往空锅里一扣，端起锅往面粉口袋后面一塞。再顺手从同样的地方掏出一只干馕放到餐布上一刀一刀切了起来，装作刚刚开始用餐的样子。

我也迅速收起筷子藏在矮桌下。斯马胡力什么也没做，边擦嘴边看着我们笑。

进来的是两个年轻人。打完招呼后两人直接踩上花毡坐到餐桌右侧。卡西若无其事地摆碗、斟茶，压低嗓门，有礼有节地回答他们的问话。我看到其中一人的茶碗边还黏着一根粗大的粉条，便极力忍着笑拼命喝茶。接着又看到餐布上的干馕块和包尔沙克间有一个浑圆的空缺，很明显刚刚放过菜盘子的嘛！而面粉袋子后露出了大半个锅——那里怎么看也不像是放锅的地方。

至于满室弥漫的芹菜味儿就更不用说了……我怀疑这两个人可能只是路过我们毡房，碰巧闻到这股菜香味儿才决定上门做客的。——怎么可能啥也察觉不到？但来都来了，都已经坐到席间了，好歹得吃点什么才不至于失礼。于是他俩吃得缓慢而犹豫。

——那馕实在太硬了。我上午偷偷掰了一块喂班班，手指还被馕块茬口划破了一条血口子。

好在他俩没有久留，默默地喝完一碗茶吃了一块馕就立刻告辞。往常的话，还会和斯马胡力东拉西扯好半天。饭后还会一起捣鼓一下坏掉的太阳能收音机什么的。

人走后，我们埋怨斯马胡力："你的朋友真多啊！"

斯马胡力无奈地说："没有了，这下我再也没朋友了。"——估计名声很快就传出去了。

不过想一想，在吉尔阿特的时候，我们曾经多么望眼欲穿地盼望有客人上门啊!

　　要是扎克拜妈妈在家的话,看到我们这样没规矩地吃饭,一定不允许的。一定会责怪我们失礼——不过分享一顿晚餐而已,能少吃多少呢?真是丢人啊……

　　总之越想越羞愧。眼下兄妹俩还是孩子,不懂事。那我呢?咳,我这么体面一个大人,跟着瞎掺和什么……

"可怜"的意思

塔门尔图离公路很近。站在地势起伏的最高处，就能看到笔直的公路上过往的汽车。离我们驻地大约两公里远。

一切安顿下来后的第四天，我一大早出发。穿过戈壁滩来到公路边，很快拦了一辆经过的面包车去到了县城。在城里的综合市场，我给家里买了胡萝卜、土豆、洋葱和芹菜，还有几个大苹果，还有电池。给扎克拜妈妈买了牙痛药和敷关节的膏药，给卡西买了红色外套和凉皮——她曾说过她最喜欢吃凉皮。还给自己买了一套更厚的棉衣棉裤。还给斯马胡力买了块新手表。他原先的表在和人打架时摔坏了，害得全家人在很长一段日子里都跟着搞不清时间，直到李娟来了为止。

哎，真是好长时间没花过钱了。把钱掏出来立刻换成想要的东西的感觉真是幸福！美梦成真一般。.

但所有东西都买齐后，顿觉再无事可做。虽然时间还很早，一心却只想着赶紧回牧场。好把这些好东西一样一样取出来给大家看。

对了，为了安抚自己在荒野生活中没日没夜的执拗食欲，我在城里复仇一般狠狠大吃了一顿。结果撑到犯恶心，直想吐。

最意外的是，在城里的街道上走着走着，居然迎面遇到了我妈！我自己的妈妈！她不是在几百公里外的南面荒野中守着葵花地吗？算下来，真是好久都没见面了。她黑瘦了一些，大致还是老样子。

她这是来城里买农药的，这会儿正急着去赶车。因此见面的情形很匆忙。我俩站在人来人往的街头飞快地聊了一会儿。尽管时间仓促，她还是告诉了我许多事情：一、前几天的沙尘暴很可怕；二、前段时间刚长出来的葵花苗被黄羊（鹅喉羚）吃光了，只好补种了一遍。现在才发了几公分的芽，但估计黄羊还会再来；三、化肥涨价了；四、外婆胃口很好，一顿能吃一碗半饭；五、小狗赛虎生病了；六、赛虎会抓老鼠了；七、鹅已经下了三个蛋；八、今年大旱。

我也告诉了她自己的一些事情。当说到班班受伤的耳朵时，我妈为这位没见过面的狗出了个主意。让我回家用浓浓的盐水倒进它灌脓的耳朵里，说不定可以杀菌消炎。还让我给它吃点儿抗生素。

然后我俩在街头告别了。

我把所有东西打成两个大包，一手拎一个去找车。去喀吾图方向的车全是流水车，人满就出发，没个发车的准点。我又四处打听偷偷运营的小黑车。找到车后，解释了好一会儿，那个司机才大致弄懂我要去什么地方。他非常吃惊。

他说："你一个汉族人，去那里干什么？"

我后座的一个女人更是惊讶得不得了。不停问："你不怕吗，你难道不怕吗？"

我心想那有什么可怕的。便只是笑笑，不理她。但接下来一路上她老是问个没完："不怕吗？真的不怕吗？……你胆子真大！"

直到我下了车，她才叹息着说："这个地方狼很多……"

狼很多那句话倒没把我吓住。吓住我的是，我找不到地方了！

这条公路边没有里程碑，也没有可以辅助记忆的明显参照物。我只记得去县城搭车的地方是戈壁滩边上一条土路的尽头。可汽车沿公路走了好久，却怎么也找不到那条土路了。

之前我对司机说我要去"塔门尔图"。但这个地名只是戈壁深处一个小角落的土名儿，只在很少的牧民间流传。司机和车上的旅客谁也没听说过这里。我只好说反正大致就在去往喀吾图的沿途一带，某某村庄的北方荒野。还很自信地说，到了地方我会提醒他停车的。然而，车都快开到喀吾图小镇了我还没认出路来……沿途到处都一模一样……

司机气得直骂我笨。最后他只好停了车，并帮我拦下一辆迎面开来的车。嘱托那个司机捎上我，把来路再走一遍。

荒野起伏连绵，一棵树也没有。无论走到哪儿，无论从哪一个角度看，到处极为相似。我真的迷路了。为了不麻烦第二个司机，我随便挑了个地方下了车，独自走进荒野。

豁出去了，大白天里会有什么危险呢？

再说了，司机不知道"塔门尔图"这个地方，附近的牧民肯定知道的。进入荒野的话，说不定会遇到骑马的牧人，能问询一下。而在公路上来回逡巡，走到天黑也未必找得到路。

我拎着两个沉重的大包，没走一会儿，手指头就给勒得生疼。于是把这两包东西藏在路过的两块石头中间，在阳光下空手前行。

当时，我已经做好了走到天黑的心理准备。结果走了不到一个钟头就迎面遇到了卡西！啊，最最亲爱的卡西！

在四顾无人的荒野，在最无助的时分，突然遇到最最熟悉的人，简直令人喜极欲泣。

卡西一边向我跑过来，一边用汉语大喊："可怜的李娟！"

可怜的？……我愣了一下。

等反应过来时，惊觉，好多事情无须言语也能去到最恰当的地方，寻到最恰当的结局。如随木筏顺流直下，如种子安静地成为大树……虽缓慢，却有力。

我们一起沿来路去找那两只大包。这回倒没迷路，很快就找到了。

我边走边问卡西："你现在知道'可怜'是什么意思了？"

她笑嘻嘻地说："你这个样子就是可怜嘛！对吗？"

卡西总是很辛苦。睡得晚，起得早，干的全是力气活。每当看到她回到家累得话都不想说时，我总是忍不住叹息："可怜的卡西！"——用的是汉语。

于是她每次都会问我："'可怜的'是什么意思？"

我一时无法解释。自己的哈萨克语水平实在有限，还不晓得"可怜"在哈萨克语中对应的单词。

于是我就抱着她，做出悲惨的模样，还哼哼唧唧地装哭。然后说："你很'可怜'的时候，我就会这样。"

她很疑惑地说："是不是说我要死了？"

"不不！不是的！"

我想了又想，绞尽脑汁。

于是她又去问斯马胡力："你知道'可怜的'是什么吗？"

斯马胡力是全家唯一"略懂"汉语的。他能用汉语说"你好"，另外还会说"再见"。

这家伙自信地猜测："就是说你'很好'。"

我连忙否定："不！不是'很好'的意思！"

卡西便很悲伤："那就是说我'不好'喽？"

我百般无奈，只好继续抱着她悲惨万分地表演一番。总之，实在没法说清。

有一次我想到一个主意，说："卡西肚子饿了，却没有饭吃。冷了，没有衣服穿。想睡觉的时候，还得给斯马胡力做饭。——这就是'可怜'。"

卡西听了大为不满："豁切！肚子饿了没饭吃，瞌睡了还得做饭，那不是'生气'吗？"

"……"

尽管沟通如此艰难，但是，再无助的两个人，再封闭的两颗心，相处久了，眼睛在不停看到，耳朵在不停听见。什么样的情景对应什么样的表达。渐渐地，心灵都会豁然开朗。语言封闭不了感知。

我每天左一个"可怜的"，右一个"可怜的"说个不停。对着失去母亲的小羊说，对着冒雨找羊回来的斯马胡力说，对着因牙疼而整个腮帮子都肿起来的妈妈说……大约我的神情和语气不时地触动着什么。慢慢地，这个词逼真地进入了卡西的意识。

因此当她远远看到我孤零零地、疲惫无助地走在荒野中时，立刻就喊出声来："可怜的李娟！"她不仅仅是学会了一个汉语词汇，更是准确地、熟练地表达了某种特定情感。真感动啊……

对了，怎么那么巧就遇到了卡西？原因很丢人……

我人还没到家，"有一个汉族姑娘迷了路"的消息就传遍这片荒野了……

最开始，是那个司机和一车的旅客到了喀吾图后逢人就说这件事。然后消息迅速被一个在喀吾图买马蹄铁的牧羊人传回了荒野之中。在他的回程途中，只要与他打过照面的骑马人都会尽量帮着扩散消息。一传二，二传四，四传八……这片大地人烟稀疏，每顶毡房看似闭塞如孤岛，但信息传播的速度也许并不低于现代通讯工具。所以这种自发传递消息、自觉维护消息准确性的传统，被外人称之为哈萨克牧人的"土电话"。

总之，有顺路的牧人得到消息后立刻拐道，策马赶往塔门尔图牧场，打听到我家毡房告知了情况。于是卡西和扎克拜妈妈便出门分头去找……"土电话"真厉害！

以前见了太多街头相遇的两哈萨克人没完没了地打招呼，巨细靡遗地分享各自的最新见闻。总觉得他们可能太闲了，礼性也太重了。尤其在山野里坐小黑车的时候，若有乘客在山路上遇到步行或骑马的认识人，会立刻要求司机停车，摇下车窗寒暄半天。哈萨克司机总会耐心等待他们说完，满车的乘客也没有意见。只有汉族乘客会不理解并不耐烦："快点快点，我赶时间！"回头还会嘲笑他们太啰嗦。却不知，在茫茫远古时间中，在牧人们最最寂静无助的闭塞时期，这种习俗是信息渠道畅通的唯一保障。

然而，传得太快太广也不全然是好事。等阿娜尔罕来的时候，也对我说："听说有一个汉族姑娘在去喀吾图的路上下错车，迷了路——是不是你？"
连县城的人都知道了！

和卡西的交流

在我仅仅会说一些单个的哈萨克单词——如"米"啊"面"啊，"牛"啊"羊"啊，"树"啊"水"啊之类——的时候，和大家的交流之中真是充满了深崖峭壁、险水暗礁。往往一席话说下来，大家越来越沉默。你看我，我看你，眼神惊疑不定。我总是给大家带来五花八门的误会。

虽然多年生活在哈萨克地区，但由于家里是开杂货店和裁缝店的，我所掌握的哈萨克语生活交流仅限于讨价还价。除了记住全部商品的名称及其简单的功用介绍之外，能比较完整地连成一句话的哈萨克语几乎只有以下这些：

——不行，不能再便宜了！就这个价！

——裙子已经做好了，但是还没有熨，稍等五分钟。

——厚的裤袜刚卖完，三四天后会进新货。

——可以试裤子，但得先脱掉你的鞋子。

……

刚开始介入扎克拜妈妈一家生活的时候，真是非常高兴。因为他们全家人几乎一句汉语也不会。我想，这下总算可以跟着实实在在地学到好多哈萨克语了！

结果到头来，自己还是停留在原先的水平。是扎克拜妈妈他们跟着我实实在在学到了好多汉语。

最初，我教给卡西的第一句话是："我爱你。"

后来卡西又向我深刻地学到了一句口头禅："可怜的。"

从此她总是不停地对我说："可怜的李娟，我爱你！"

虽然从不曾直接教过扎克拜妈妈什么汉语，但她很快也能熟练使用"我爱你"了。

一大早，就会听到她快乐地说："李娟，我爱你。茶好了吗？"

其实妈妈说得最熟练的两句汉语是：一、李娟谢谢你！二、李娟，桶！

前者是每天临睡前我为她捶了背之后说的。后者则是挤牛奶时，一只桶满了该换另一只桶的时候。

而全家人都说得最顺溜的一句汉语则是："对不起！"大概因为我一天到晚总是在不停地说这句话。不知道为什么，我整天不停地在做错事。

全家人里，收获最大的是卡西，她足足记录了一整个本子的日常用语。可一旦离开那个本子，她就一句话也应用不了。和我交谈时，总是一边嗯嗯啊啊地"这个这个，那个那个"，一边紧张地翻本子。指望能找出一个最恰如其分的字眼。糟糕的是，她是随手记录的，也没编索引，找东西太难了。我打算以后买一本哈汉词典送给她。

相比之下，我就聪明多了。我最厉害的一次表达是试图告诉卡西自己头一天晚上梦到了胡安西。这相当艰难。因为当时我所掌握的相关单词只有"睡觉""昨晚"和"有"。至于如何完成这三个词之间的联系与填充，跟小学生解答三角函数一样惶惶然。结果我成功了。接下来，我们俩分别学会了"梦"这个单词的哈萨克语、汉语发音，并开始交流这个词的其他用法。

我一直努力使用哈萨克语和大家交流，可这种努力每每总被卡西破坏掉。因为她也一直努力使用汉语和我说话。

她要是说哈萨克语的话，我就算听不明白，好歹还能猜到些什么。但要说汉语的话，我就彻底搞不清了。

总之，和卡西的交流大部分时候都是失败的。好在也算不上是什么惨痛的事。顶多那时你看我，我看你，冥思苦想，最后两手一拍："走吧，还是放羊去吧！"结束得干净利落。

卡西随身带着一本哈萨克语中学初中第三册的汉语课本。课本最后附有数百个单词对照表。发音、意义、属性倒是一目了然，但大都没啥用处。如"钦差大臣"，如"拖鞋"，如"显微镜"，如"政治犯"。

游牧生活中怎么会用到拖鞋呢？难怪卡西读了好几年

的书，啥也没学到。

不过老实说，从我这里，她似乎也没学到什么像样的……

很多时候我嫌麻烦。教一个"脸"字吧，半天都发不准音，便改口教她"面"。"眉毛"两个字她总是记不住，便让她只记"眉"一个字。

她怀疑地问："都一样吗？"

我说："当然一样了！"

本来意思就是一样的嘛，只不过……

很长一段时间，卡西非常刻苦。每当她从我这里又学会了什么新词汇，立刻如获至宝地记在小本子的空白处。

我说："一天学会五个单词的话，一个月后卡西就很厉害啦！"

她掐指一算，说："不，我要一天学会二十个，这样一个礼拜就可以很厉害了！"

我很赞赏她的志气。却暗自思忖：既然这么爱学习，上学的时候都在干什么呢？我看过卡西的一张初二课程表，几乎每天都安排有汉语课。而本民族的语文课，一礼拜却只有四节。在这种情况下，读了八年的书，看起来还是啥也没学到……

那个记录单词的小本子她从不离身。一有空就掏出来读啊读啊，背啊背啊。嘴里默念个不停："香皂、肥皂、阴天、晴天、穿衣、穿鞋……"连傍晚出去赶羊回家那一会儿工夫也不忘带上。一边吆喝，一边冲羊群扔石头，一边掏出本子低头迅速瞟几眼。去邻居家串门子也带着，聊一会儿天，背一会儿书。

扎克拜妈妈看她这么努力，感到很有趣。两人在赶羊回家的途中，她会不停地考她。

妈妈指着自己的眼睛问："这是什么？"

卡西响亮自信地回答："目！"

又指着嘴："这个？"

"口！"

再指指对面的森林。

"树！"

…………

如果卡西将来放一辈子羊的话也就罢了。否则，操着从我这里苦苦学到的本领（正确但没啥用的本领）出去混世界……不堪设想。

有一次我看到海拉提的女儿小加依娜脖子上挂着一枚小小的牙齿，就问卡西那是什么牙。其实也是随口一问，但海拉提和卡西两个却很慎重地凑到一起商量了半天。最后她用汉语回答道："老虎。"

我吓了一大跳，便用哈萨克语问道："不对吧，你是想说'狼'吧？"

"对对对！"卡西连忙点头。

接下来我教他们汉语里"狼"的正确发音。

然而海拉提又问道："那么'老虎'又是什么？"

话音刚落，卡西立刻坐直了，准备抢先下结论。刚一开口我就喝止了她。虽说大胆发表意见是好事，但这个家伙也太没谱了。

可是关于老虎的问题，我自己也不好解释。这时，突然看到海拉提家的小猫从旁边经过，灵光一闪，就说："老虎就是很大的猫。"

两人愣了一秒钟，卡西立刻恍然大悟状。连忙对海拉提说："阿尤，她是说阿尤！"

我一听，什么嘛！"阿尤"是大棕熊！

但又不好解释，毕竟说熊是只大猫也没错……再看看他俩那么兴奋的样子，大有"终于明白了"的成就感，只好缄默。哎，错就错呗。幸好新疆没有老虎，保管他们一辈子也没机会用上这个词。

后来的好几天里，卡西一有空就念念有词："老虎，阿尤，阿尤，老虎……"——把它牢牢记在了心里。

真愧疚。

较之我的阴险，卡西的混乱更令人抓狂。

记得第一次和卡西正式交谈时，我问她兄弟姐妹共几人。她细细盘算了好久，认真地回答说，有四个。上面还有一个十八岁的姐姐阿娜尔罕，还有两个哥哥。

当时可可还没有离开这个家庭。我看他还很年轻，就问："可可是最小的哥哥吗？"

她确凿地说："是。"

我又问："可可结婚了吗？"

同样地确凿："是。"

结果，第二天，一个妇女拖着两个孩子来家里喝茶。卡西向我介绍道："这是我的大姐姐！"

我说："那么你其实是有两个姐姐、两个哥哥是吗？"她极肯定地称是。

我又强调道："那么，妈妈一共五个孩子？只有五个孩子吗？"

她掰着指头算了一遍，再一次点头确认。

又过了一段时间，又有一个年轻一点儿的女性抱着孩子跟着丈夫来拜访。卡西再次认真地介绍："这是第二个姐姐。"

天啦！——"那妈妈到底有几个孩子啊？"

"六个。"

再后来，可可回了南面戈壁，斯马胡力来接替他放羊。我一看，斯马胡力怎么看都比可可年轻，不像是老大。一问之下，才二十岁呢。私下飞快地计算一番：如果可可是弟弟的话，就算他只比斯马胡力小一岁，也只有十九岁。十九岁的年纪就结婚三年，媳妇怀孕两次了？大大地不对头！

于是我逮着这姑娘盘问："你好好地和我说，他们俩到底谁大啊？"

卡西反倒莫名其妙地看着我："当然是可可大了！可可都结婚了，斯马胡力还没结婚嘛！"反倒认为我是个傻瓜。

有一次卡西想问我妈多大年纪，却又不会说汉语的"年龄"二字。为此煞费苦心好半天。问之前，酝酿了足足一分钟之久才用汉语慎重开口："李娟，你知道的嘛，我的，那个，今年的十五，就是十五的那个的那个，对吗？"

我猜她是在说自己今年十五岁了。于是回答："对。"

她又说："我的妈妈，四十八，明白吗？"

"明白。"

"那个，斯马胡力，二十，那个。对吧？"

"对。"

"好——"她一拍巴掌："那么，那你的妈妈？也是那个的那个呢？"我云里雾里。

她又指天画地拉七扯八解释半天。最后我试着用哈萨克语问道："你是不是想问我妈妈有多大年纪了？"

她大喜，也用哈萨克语飞快地说："对对！那么她多大年纪了？"

我还没回过神来，斯马胡力和扎克拜妈妈已经笑倒在花毡上。

接下来她又想告诉我，她的外婆活到九十九岁才过世。但她只会"九"这个汉语单词，不会说"九十九"。为此她再次绞尽了脑汁。好半天一塌糊涂地开了口："我的，妈妈的妈妈嘛，九九的九九嘛，死了！"

"九九的九九？"我想了想，用哈萨克语问她："是'九月九日'还是'九十九'？"

她用哈萨克语说："九十九。"

我又问："什么九十九啊？"

于是她还得告诉我那个"岁"字。又陷入了一轮艰难跋涉之中："李娟，你知道，我，十五，那个；斯马胡力，二十，也是那个；我的妈妈嘛，四十八，你知道的那个嘛！我的妈妈的妈妈嘛，九十九的，那个——那个的那个是什么？"

我用哈萨克语说："你是说九十九岁吗？"

大家又笑翻一场。

尽管如此，很长一段时期内，她都坚持用鬼都扯不清的汉语和我交流。不会说的地方统统用"这个""那个"或"哎呀"填补之。好在之前说过，我这个人聪明嘛，又在一起生活久了，互相熟悉后，猜也猜得到她在什么情况下要说什么样的话。

于是大家都叫她"乱七八糟的卡西"。

老实说，其实卡西也有许多厉害的表达。比如有一次我问她为什么上花毡不脱鞋子，多脏啊。她用哈萨克语回答了句什么，我没听懂。于是她又飞快地用汉语解释："脚不香！"……

　　"香"这个词是我前不久刚教会她的，她很喜欢使用。每当饭做好了揭开锅盖时，她就会大喝一声："香！"

　　后来进入夏牧场，每当我们走进森林时，她也会幸福地自言自语："香啊……"

城里的姑娘阿娜尔罕

我们搬到塔门尔图的第四天，也就是我迷路的那天的黄昏，卡西终于盼来了她亲爱的小姐姐阿娜尔罕。

十八岁的阿娜尔罕，从天而降般突然出现在荒野中。红色的T恤，干净的皮鞋，明亮时髦的包包，笑意盈盈。我还没反应过来，正在远处旷野中骑马赶羊的卡西立刻向家跑来。一面快马加鞭，一面大声呼喊。到了近前，她跳下马就冲过来抱住阿娜尔罕，然后解下脖子上的一串玛瑙项链挂在小姐姐脖子上。这串项链是我不久前刚从自己脖子上解下送给她的，当时她喜欢得快要哭了似的。而此时也高兴得快要落泪。姐妹俩一年多没见面了。

因为阿娜尔罕穿着红色的T恤，卡西也立刻回毡房行李堆中翻出一件红T恤换上。然后两人牵着手去见爷爷。这片荒野多么适合红衣人欢乐地走过啊！看着这幕情景，我简直也想找件红衣服穿穿。

和阿娜尔罕一同来到塔门尔图的还有扎克拜妈妈的丈夫，沉默寡言的沙阿爸爸。他一到家，没顾上休息，也没和扎克拜妈妈多说一句话，就立刻套了一匹马驾向荒野深处，接替卡西去放羊。

往年这个家庭北上夏牧场时，都是由爸爸管理羊群，长媳可可的老婆主持家务。而斯马胡力和扎克拜妈妈留在南面乌伦古河边的定居点管理草料地。但今年爸爸生了重病（治病得花钱，我猜这个家庭的种种窘迫现状也与此有关），可可媳妇也即将分娩，她身体不好，不宜奔波。于是机构重组了一番。

沙阿爸爸神情平淡，穿着旧而整洁的长外套，戴一顶旧便帽。身架宽大，却非常消瘦。当他骑着马，手边垂着鞭子，慢慢走在大地上，去向远处的羊群时，好像只是刚刚离开自己的羊群一分钟，而不是大半年。

这次爷爷分家，算是一桩很大的家族变动。卡西说爸爸是赶来参加拖依的（可是已经结束了啊？），而阿娜尔罕之所以迟迟不回家，原来是为了等爸爸一起出发。

我们临时的"头上打结儿的房子"非常小。大家坐在一起喝茶时，花毡上挤得满满当当。于是大家都说："今天斯马胡力可别回来啊。要不然晚上怎么睡觉！"——斯马胡力前天到阿勒泰市看病去了（这个牧场离公路近，交通便利多了。邻居也多，能互相帮着照料羊群。于是包括我在内，这两天大家都趁机出远门），估计这两天就回家。

可到了晚上，这小子还是回来了。于是我们六个人一个挨一个挤得紧紧地睡觉。其中一个人翻身时，所有人都得一起跟着翻。

阿娜尔罕在的那两天，卡西无论干什么都要拉上她同去。形影不离。两人整天呱啦呱啦说个不停，从白天说到晚上。直到吃完饭了，熄灯了，钻进被窝了，还停不下来。并且越说越兴奋。直到黑暗中扎克拜妈妈呵斥道："快点儿睡觉！"才立刻噤声。但没一会儿，又有压低嗓子的声音在黑暗中蠕动："你知不知道啊，那个……这个……"没完没了。

涉及惊人的话题时，卡西就顾不了那么多了。她在黑暗中惊雷般大喊："什么！你说她的姐姐又跟他结婚了？"

妈妈便再次抗议："睡觉！"然而过了两秒钟，妈妈也忍不住惊叹："当妹妹的不是刚和他离婚吗？"

这时，斯马胡力深沉的声音幽灵一样浮现："姐妹俩双胞胎，长得一模一样。何必要离这个婚，结那个婚呢？"——原来大家都没睡着，都在听。

白天卡西出去放羊，阿娜尔罕也跟着同去，兴致勃勃地帮着吆喝。

我问卡西："为什么阿娜尔罕不和我们一起在牧场上放羊？"

卡西说："因为阿娜尔罕不会骑马。"

话刚落音，阿娜尔罕驾着马从身边疾驰而过，径直冲上不远处的沙丘。

我指着她的背影："这个……"

卡西连忙又说："她有时候会，有时候不会。老从马上掉下来。"

我心想：什么不会骑马啊，明明不愿放羊吧？

阿娜尔罕来的那天下午我也刚从县城回来，捎回家一堆东西。但由于斯马胡力不在，母女俩忙得一塌糊涂，便一直没来得及献宝。直到晚餐时，我才拆了各种包装袋给大家一一过目。除了一些蔬菜和日用品，还有三份凉皮。原本是扎克拜妈妈、斯马胡力和卡西三个一人一份的（没想到沙阿爸爸和阿娜尔罕会来嘛），但姐妹俩一见大喜，立即各取一份吃了起来。我有些不乐意。阿娜尔罕真不懂事，她自己就生活在城里，吃凉皮很方便的。家里人终年在荒野中流浪，吃一次外面的食物多不容易啊。

但妈妈毫不介意。看着两个女儿脑袋凑在一起吃得那么香美，很欣慰的样子。连称自己牙疼、胃疼，不能吃。沙阿爸爸是庄重严肃的人，自然也拒绝吃。而斯马胡力又不在家。于是，两人各吃完一份后，把斯马胡力那一份也分了。

谁知刚吃完，斯马胡力就回来了。奇怪的是，平日里这个嘴巴最馋最霸道的家伙同样也不介意。他高高兴兴地看着两个妹妹吃，不时问这问那。

后来才知，阿娜尔罕虽然在城里干活——用卡西的话说："在房子里干活"——不用风吹雨打，但也非常辛苦。在餐厅打工，每天揉面、洗菜、洗碗，不停打扫。从早干到晚，吃住都在店里，很难出门逛一次街。恐怕也同样很少吃到凉皮这样的小吃。

一年到头，阿娜尔罕只有古尔邦节前后才有十天的假期。老板每个月给她三百块工资。三百块钱不算太多，但总算是一笔收入。一年下来，也能赚回家几只绵羊呢。再说，像阿娜尔罕这样没有手艺也没有学历的女孩，进了城，能找到一份工作就算很幸运了。况且还是"在房子里干活"，总比放羊舒适多了。

扎克拜妈妈叹息："可惜阿娜尔罕不会骑马，要不然一起上山。"

斯马胡力也这么附和。

阿娜尔罕对此不做任何回应，只是平静地喝茶。

阿娜尔罕五官圆润秀气，模样随扎克拜妈妈。但更多了些聪明相。虽然有些胖，但由于个子高、腿长，胖得还算匀称挺拔。头发粗粗的一大把，又黑又亮，紧紧编了一根大辫子垂在腰上。额前的碎发扎成束后又向后扭了一下，用一枚红色小发卡别在头顶上，微微耸起，显得小有洋气。手腕上绕了一长串五颜六色的塑料珠子。因为她的双手很少干粗活与重活，很是清洁光鲜，红润透亮。就算戴着廉价货也显得美好又精心。要是那串链子戴在我和卡西这两双伤痕累累、指甲粗糙开裂、脏得怎么洗也洗不干净的手上，一定特俗气。

作为在城里生活的姑娘，阿娜尔罕早上洗完脸后还要化妆的。依我看，化得也太浓了，抹墙一样涂粉底，硬是把红扑扑的脸蛋搞成铁青色，眉眼更是描得深不见底……但这有什么不应该呢？连颇为保守的扎克拜妈妈和严肃的沙阿爸爸对此都不置可否。我猜想，对于这个独自生活在城里的女儿，浑身散发着深暗香气的女儿，也许已经有些陌生了的女儿——夫妻俩大约是稍带敬意的。毕竟自己放了一辈子羊，从来不敢设想离开羊群后的人生。但这个女儿却能。她从容地立足于宽广的陌生之中，生活得看起来有条有理。她更像是这个传统家庭小心地伸往外部世界的柔软触角。大家都暗地里钦佩她，信任她，并且微妙地依赖着她。

老实说，阿娜尔罕的妆容虽说粗糙又蹩脚，奇怪的是，非但没有扭曲她的容貌，反倒催生了奇异的鲜活气息。况且化妆毕竟是能给女性带来自信的事，阿娜尔罕便总是有着坦然健康的神情。

阿娜尔罕在城里已经有了男朋友。但与一些远离家庭后的轻浮姑娘不同，这种交往是得到双方家长的认可的，是以结婚为目标的。据说对方是个非常漂亮聪明的男孩子，出自贫穷的农民家庭，也在城里打工。

阿娜尔罕也许有些小小的虚荣心和野心，但对于自己简陋寒酸的家（还是"打结儿"的）毫不介意。一有空闲便四处收拾房间，洗洗涮涮，就像很久很久以前那样——那时的阿娜尔罕还是个平凡懵懂的乡野姑娘，对外面的世界向往又害怕。那时她终日埋首家务，努力帮助母亲经营家庭。那时她可能还没有做出离开游牧，进城打工的决定。和此时一样，她心灵安然，对生活有长远而踏实的考虑。

阿娜尔罕只在塔门尔图待了两天。请这两天假很不容易，因此时间一到就得赶紧回城。

出发前，姐妹俩最后在一起做的事情是洗头发。在戈壁滩上才生活了两天，头发上就裹了厚厚的灰土（谁叫她往头发上浇那么多头发油）。阿娜尔罕不愿意灰头土脸地回到城里。于是姐妹俩脑袋凑在一只盆里揉肥皂沫。又嘻嘻哈哈地互相浇水清洗。再坐在一起互相梳头发。两个黑亮头发的红衣姑娘啊，荒野里珠圆玉润的欢声笑语……

那天我们步行了很远，穿过荒野把阿娜尔罕送到公路边等车。告别时，卡西很悲伤。阿娜尔罕却一如既往地微笑着，像最听话的孩子那样一遍又一遍答应着扎克拜妈妈的重重叮咛。

沙阿爸爸却同我们一起生活到羊群离开塔门尔图的最后一天。那天，他和斯马胡力一起冒雨装好骆驼，集中羊群。然后他独自站在拆除毡房后的圆形空地上，目送我们的队伍渐渐远去。

骆驼的事

有一次我牵骆驼回家的时候，不小心被骆驼踩了一脚。

牵骆驼，并不是说骆驼身上系了根绳子让你去牵。而是像挽男朋友一样，挽着它的脖子往前走。骆驼虽然是个子高脖子长的大家伙，但脖子在胸口以下拐了一个大大的弯，刚好和成年人的上臂平齐。挽起来再方便不过了。

我觉得很有趣，便挽着它在草地上东走西走的。然后，我的右脚就被它的左前脚踩住了……

骆驼的四个巨大的肉掌绵厚而有力，像四个又软又沉的大盘子一样，一起一落稳稳当当。马蹄是很硬的，可以钉铁掌。骆驼蹄子就不行了，掌心全是肉。

总之就被这样一只大肉掌踩住了。我可怜的脚啊，曾被各种各样的脚踩过，还从没被骆驼踩过呢。整个脚面被盘子大的肉掌覆盖得严严实实、满满当当。疼倒不是很疼，就是太沉重，压得人快要抽筋了。

我使劲地推它的肚皮，纹丝不动。

想想看，我怎么可能推得动一峰骆驼！

我又使劲地拔脚，哪里拔得出来！

它倒像是觉得这么踩着蛮舒服似的。任我怎么折腾也不松脚，脸都不冲我扭一下。

我只好大喊大叫。卡西赶紧跑来拍了几下骆驼屁股，它老人家这才抬起脚不慌不忙走开了。我终于得救。

骆驼是最富有力量的动物了，我们多么依赖骆驼啊。没有骆驼的话，这种逐水草而居的生活里，牧人根本寸步难行。

但是骆驼自己呢，却从不曾为此背负过什么自豪感和责任心。作为运输工具，它搬了一辈子家、驮了一辈子货物，也没能掌握基本的工作方法。一定要被人死死盯着才不至于闯大祸。别看它一副任劳任怨的模样，往它身上挂多少大包都一声不吭、低眉顺眼的。可一旦上了路，什么都不管不顾了。总是故意装糊涂，忘掉自己身上还驮着一大堆东西似的——明明宽宽敞敞的路，却非要紧紧贴着路边的大石头走。有时还故意像蹭痒痒似的蹭来蹭去。于是，每搬一次家，我们就会损失很多物什：一个好好的羊毛口袋磨穿一个大洞，铝锅给挤成一团大饼，洗手壶撞丢了盖子，铁皮炉子拧成了麻花，烟囱从立体变成平面……但怎么能怪它呢？毕竟，它那么辛苦。

当骆驼在大雨里负重爬山时，脚下稍一打滑就四腿劈叉——像人劈叉那样张开左右的腿往两边大大地趴开，得拼命挣扎才能重新收回腿站稳脚。那情景虽然滑稽，但看的人实在笑不起来。雨那么大，天气那么冷。骆驼万一倒下了，局面该多么悲惨！大家差不多都跟着完蛋。

搬家的时候，好多路面很陡很陡，骆驼得挣扎着才能爬上去。牵骆驼的人扯着缰绳拉啊拉啊，后面还有人拼命踢它屁股。只见它迈起一只蹄子踩向高处，然后浑身一抖，用尽全身力量把背上的重负猛地顶了起来，剩下仨蹄子赶紧跌跌撞撞跟上去……总算才过了一道坎。但它的鼻子却被缰绳狠狠地扯破了，血一串一串流了下来。

再想想看，最最坚强的骆驼，却有着最最柔软的鼻孔。于是，往鼻孔里插一根木棍就能完全控制住它。真是可怜。

而最最坚强的骆驼也是会撒娇的。撒娇的方式和小狗一样，那就是满地打滚。

小狗那样做的话非常可爱，但如果换成骆驼这样的庞然大物，就有些恐怖了。

——只见它侧卧在草地上，不停拧动的庞大身子，满地打转。然后又努力四蹄朝天，浑身激烈地抖动、抬耸。地皮都震得忽闪忽闪的。被它的身子碾过的地方，草地破碎，泥土都翻了出来。卡西连忙跑过去把它轰开。真是的，我们打结儿的毡房都快给震垮了。

后来才知，它并不是在撒娇。而是身上有虫子叮在肉里甩不掉，痒得难受，只好在地上滚来滚去以图缓解。

在荒野里生活总难免和一些毒物打交道。在吉尔阿特时，我有一次在阿勒玛罕姐姐家门口看到一只蝎子。不大，呈半透明状，阳光下诡异莫名地静止着。阿依横别克把它打死了。

后来从吉尔阿特搬离的前一天，在拆去的毡房墙根旁花毡下又发现了一只特别大的蝎子，黑糊糊，毛茸茸。卡西当时立刻后退几步，拾起石头砸中了它。当时一想到几个礼拜以来有可能夜夜都和这个东西同床共枕，不由毛骨悚然。

在塔门尔图，卡西的表哥家有一个孩子的脖子不知被什么东西咬了一口。顿时，那里的血管像蚯蚓一样一路浮了起来，呈酱色，又粗又长，弯弯曲曲一大截。非常吓人。

还有一次，卡西的下巴不知被什么小虫子咬了几口，红肿了一大片，整个下巴翘了起来。几乎同时，我胳膊也给咬了一口，肿了老大一个包。我们一致猜测被窝里有什么东西。于是白天里全家人把所有被褥抱到太阳下一寸一寸搜寻，果然找出来一只草鳖子……

在吉尔阿特，我给骆驼剪毛时，割开又厚又湿的毛发，也曾发现过许多这种虫。一只只已经陷在骆驼血肉里了。把它们从肉里抠出来后，那一处的皮肤都是烂的，红肿一片。

草鳖子是一种很可怕的小毒虫。我很小的时候曾不小心招惹过，那个痛啊，不堪言喻。我外婆脖子后面也被咬过一次。虽然当时被我及时抠出来了，但她毕竟上了年纪（当时快九十岁了），免疫力差，后脑勺那儿很快肿出一个鸡蛋大的包来。不久后人开始发高烧、说胡话，情形非常危险。后来赶紧送进城里，打了好几天吊针才勉强消炎。又过了一个多月才痊愈。

有一天闲下来时，我坐在家门口写笔记。突然发现一只草鳖子正静静伏在小腿上。吓得我连忙用笔尖把它戳掉。想了想，又用笔头从地上捞起来，仔细观察了半天。它就像是一只死虫子似的，干枯、扁平，似乎没一点儿水分。不仔细分辨的话，会以为是枯萎的植物碎屑。真是防不胜防。

扎克拜妈妈说这种虫羊身上最多。羊可真可怜，生着那么厚的皮毛，最容易窝藏凶险了。而且又没长手指头，自己逮也逮不着，弄也弄不掉。

不过好在羊的后腿够长，至少还可以把后腿伸到脑袋边挠挠耳朵，挠挠脖子。

尤其是小山羊，挠痒痒的时候最可爱了。长长细细的腿，站在那里稳当又俏丽。当它的后腿横过整个身子挠耳朵的时候，还会侧过脸飞快地拨弄一下脑门的刘海，淑女似的。

骆驼就一点儿办法也没有了。

骆驼生着庞大的、圆滚滚的肚子，腿却那么纤细，膝盖处一折即断似的。假如骆驼也抬起一条腿挠痒痒的话，剩下三条腿肯定支撑不了几秒钟就啪地被大肚皮压劈叉了。

于是只好努力地满地打滚。可怜呐……

在过去，在小时候，我一点儿也不了解骆驼。虽然它们经常三三两两在家门口闲转，但离我的生活无比遥远。那时，每当我们靠近骆驼，大人就吓唬说："小心它吐你！"神情严肃得不得了。比说"小心马踢你""小心狗咬你"还要郑重。于是我们都很怕骆驼。

但又实在不能明白骆驼"吐人"是什么意思。马踢人啊，狗咬人啊，这些都好理解。但吐人有什么可怕的呢？是朝人吐口水吗？为什么要害怕它的口水呢？为什么连大人都怕呢？……现在终于明白了。

原来骆驼大约和牛一样，也反刍。不停地把胃里的东西呕出来反复细嚼，喉咙里咕咚咕咚的水流声响个不停。

至于它嘴里的东西，就更可怕了。我从来不知道草进了肚子后竟成了这个样子，黏糊糊的，黄绿色的，就好像……一样。

总之这位老兄一边嚼，一边打量四面情形。看谁不顺眼，就轰然一口喷薄而出。爆发力不逊于红孩儿的三昧真火。吐得对方从头到脚一大摊子又腥又黏的好像……一样的浆液。这一招太毒了。

我曾经有一次看到斯马胡力被吐得一张脸上只剩两个眼珠在转。

最不讲道理的是小骆驼，没人惹得起。它们从没穿过鼻子，没上过缰绳，过惯了东游西荡的生活。根本不服管束。斯马胡力给它剪毛，这么热的天，明明是为它好，可它一点儿也不领情，逮也逮不住。逮住后，还没把它怎样，就龇牙咧嘴地梗着脖子，嚎得气贯长虹。

斯马胡力甩绳圈套住了它的脖子。谁知这小骆驼脖子一梗，拽着缰绳，拖着斯马胡力满世界跑。边跑边回头冲他吐口水。斯马胡力只好一手挡着脸，一手拼命扯住绳子不放。那情景实在有趣。

赞叹一下，骆驼吐得可真准！"气"的一声，又疾又狠，势不可挡。私下一定经常练习来着。

不过斯马胡力对付骆驼吐人也有一招。那就是逮到它之后，赶紧用绳子把它的嘴一圈一圈缠住绑紧。谁叫它的嘴那么长，很容易就被绑得死死的，气得浑身发抖。

骆驼流口水的模样也很奇怪。一缕一缕从嘴角细细长长地垂披下来，黏性超强，怎么也断不了。丝丝缕缕，随风飘扬，跟蜘蛛吐丝一样。

另外骆驼小便的时候也很有意思。牛啊马啊羊啊小便的时候都像瀑布一样畅快地冲刷。骆驼却尿得淅淅沥沥、时断时续——尿啊，尿啊，像患了尿路结石一样，半天都尿不完。让人看着都替它着急。怪不得骆驼是抗旱耐渴的模范，连小便行为都是如此珍惜地进行着的。

骆驼是运输工具，有时也会成为交通工具。骑骆驼虽然没骑马那么舒适，但高高在上，威风极了。无论如何，骑骆驼总归没有骑马那么体面。当我和卡西骑着骆驼出门办事，若迎面遇到骑马人，她立刻装作没看见的样子扭过头去。

最后一件关于骆驼的事是：后来进了夏牧场，水草丰盛。所有骆驼吃喝不愁，所有驼峰都直了起来，又尖又硬。可只有我家骆驼的驼峰仍软趴趴东倒西歪，太不给面子了。

孩子窝的塔门尔图

在塔门尔图原野上，地势舒展，微微起伏。我们的驻扎地附近只有一个使用过很多年的石头大羊圈。三家人——不，应该是四家人才对，因为爷爷家刚分家嘛——的羊便混在一起牧放。加在一起，光大羊就一千五百多只呢。

卡西说爷爷家和他大儿子家的羊最多，共一千多只大羊（怪不得要分家）。努尔兰家（爷爷家之前分出去的孙房）也不少，三百多只大羊。就我家羊最少，只有一百多只大羊。

一千多只大羊，再加上一千多只大大小小的羔羊——每到傍晚时分，赶羊归圈的场面真是无比壮阔。羊群浩浩荡荡停满了驻地北面一大片倾斜的空地。几家人全部出动，小孩子们也跟着跑前跑后大呼小叫地助威。

只有小羊要入圈。在羊圈入口处，斯马胡力和堂兄努尔兰不停踢开硬要跟着自己宝宝往圈里冲的大羊。还得时不时揪住一只欲要趁乱跃出旁边石栏低矮处，想冲进大羊群里寻找妈妈的小羊……忙得不可开交。

羊圈四面有好几处豁口。这些豁口到了第二天早上全都作为门，向四面八方疏散羊群。但入圈的时候，却只能有一个入口，以方便分开大小羊。

每一处豁口都守着一个持长棍的人，防止已经入圈的小羊逃窜出来。等小羊完全入圈后，再用木头、毡片、石头、破轮胎之类的物什把那些豁口牢牢堵住。

小孩子们则想法子将领着自己羊羔突破重围的大羊赶回队伍里，再驱赶它们去向斯马胡力两人那边的豁口处。孩子们虽然人小个儿矮，但聚作一堆也颇为声势浩大。一大群呼呼啦啦地来来去去，又喊又叫。震慑个把羊还是没问题的。

开始大家也给我分配了一处据防。但是真不幸，不管我往哪儿一站，羊群就立刻试着往哪儿突围。连羊都能看出来我是业余的……

于是大家又分配给我另外的重要任务，就是带孩子。带那几个最小的奶孩儿。在黄昏紧张的劳动时刻，所有的母亲也投入了战斗，没空打发他们。

我手里牵着两个，怀里抱着一个，站得远远的，看着大家紧张地忙碌。还不时大声招呼赶羊的小孩小心一点儿，不要乱跑，不要摔跤。哎，看上去操心得不行。

手里牵着的孩子都是两岁左右，呆头呆脑地流着鼻涕。怀中的女婴顶多一岁光景，柔弱而漂亮。被交到陌生人怀里却一点儿也不哭闹，安安静静地凝视着我。

小羊全部入栏之后，还要再数一遍大羊。大家先把大羊聚集起来，然后赶着它们排成队从斯马胡力和努尔兰两人间通过。两人嘴唇嚅动，全神贯注。孩子们也站在一旁纷纷默数，一个比一个紧张认真。等最后几只羊完全通过后，孩子们争着报出自己的数字。能和大人的数字对上的那一个就默默地得意。

然而一连数了两遍。大家议论了几句，都安静了下来。一个个站在暮色里一动不动，过了很久都没人回家。后来一个个干脆就地坐下，继续长久地静默。直到太阳完全落山，天色很暗了，仍然没人起身回家。像是在等待着什么。连负责晚饭的主妇们也一动不动站在那儿，一声不吭。偶尔有一两只羊啊啾啊啾地咳嗽着，咳得跟人一样。

看到大家肃静的样子，我想，可能又丢羊了。

又过了一会儿，男人们起身，又把大羊聚往一处数了第三遍。

突然，身边的努尔兰小声说道："明天有大雨。"

我往依旧明亮的西天看了看，那里有一团很奇怪的云层在天边漾开。难道这就是大雨来临前的征兆？

这时，卡西告诉我说，丢了一只羊。

真厉害啊！大大小小两三千只羊，丢一只都能发觉。

记得前几天丢了一小群羊，大家都没这么凝重过。大约丢一只比丢一群会更危险吧？再加上大雨即将到来，大家也即将启程搬家。那只失群的羊回来的几率就更小了。

　　当人们终于起身，拍去身上的尘土，陆续往家走去时，天色已经很晚了。没有星星也没有月亮。我却抱着一个，牵着两个，不知该送还给谁。

　　只好一家一家上门打听。收到孩子的人家都很高兴。

　　第二天静悄悄的，一点儿雨也没有。我遇到努尔兰时，就拿这事取笑他。

　　然后又问他："那么，明天还下不下雨？"

　　他很不好意思地说："不知道。我再也不和你说了……"

　　一开始，努尔兰并没给我留下什么好印象。因为赶羊时他居然用摩托车废弃的内胎抽打羊。真可恶。像别人一样拿棍子敲一敲也就罢了，用内胎的话多疼啊。也给了孩子们一个坏榜样。当时我大声禁止他这么做，他只是哈哈大笑，不以为意。赶完羊，他把内胎随意丢在荒野空地里，于是我悄悄拾走藏了起来。

　　那天抱在怀里的女婴就是努尔兰的小女儿。一岁大的小家伙五官全是小号的。豆子眼、豆子嘴、豆子鼻，全都圆溜溜的，非常可爱。然而，虽小巧却不灵活。无论何时何地看到她，要么坐那儿一动不动，要么就躺那儿一动不动。小手整天冰冰凉，也不知父母怎么带的。

　　努尔兰和马吾列二姐夫一样，也是做生意的。在牧业地区做生意无非就是卖些面粉和粮油茶叶，同时收购羊毛和驼毛和一些奶制品。但努尔兰家的生意明显比马吾列做得大。他家的毡房豪华得可以进民俗文化博物馆当样板间了。他家还有一辆轻卡汽车，因此搬家时不用装驼队。

因为开店，囤积了大量面粉，努尔兰家养了一只猫用以避鼠。但这猫咪和他家小女儿一样小得可怜。巴掌心大小，抖抖索索卧在被堆顶上。不留意的话根本看不见。后来转场时，猫咪是和小女儿一起塞在摇篮里带走的。

努尔兰教育孩子持铁血政策，一点儿也没耐心。有时候他媳妇不在家，孩子哭得震天响，他就跑到我家毡房来，要卡西跟他走一趟。过不了多久，卡西就把他的孩子抱回来了。于是孩子换到我家继续哭。他呢，眼不见心不烦。

努尔兰有三个孩子，刚好完成生育指标。

卡西的叔叔子女很多（第一天和卡西在一起的那个文静的女孩是最小的），孙子孙女就更多了。加上这几天拖依，亲戚家也来了不少小客人。于是整个白天里，毡房前后到处都跑着小孩。年龄相差不了一两岁、两三岁，性别统统搞不清楚。模样也很近似，长相统统偏向于卡西的婶子。卡西的婶子其实也是很漂亮体面的，但和扎克拜妈妈的圆润柔和不一样。她属于那种尖锐的漂亮——单眼皮，白肤色，长手长脚。孩子们也一个比一个面孔尖锐。看惯了胡安西和沙吾列那种浑厚圆润的美，再看这群吱吱叽叽的小家伙，居然有些不顺眼了。

至于到底有几个孩子，我仔细数过好几遍都没能数清。他们长得都太像了（我觉得至少有一对是双胞胎）。况且总是不停地跑来跑去。

孩子多的地方，跟鸭棚似的。又喊又叫，又哭又笑，闹得不可开交。从没见有大人出面调解。

对于新到的我们一家，孩子们都深感兴趣。天天围着我家临时的小毡房窃窃私语。议论我是谁，又议论斯马胡力打不打人。还以为我们都听不到。

胆大的孩子会直接跑到我家门口站着，直直地往屋里看。

其中一个小男孩最坦率，他不但站在门口看，还冲我们笑。他看上去比沙吾列还小，走起路来歪歪扭扭。穿着过大过肥的红裤子——有趣的是，不但里外穿反了，还前后穿反了，并且一直垮到了屁股蛋上。卡西招手让他进来，他傻笑着不干，还往后退。卡西扬了扬一粒糖果，他立刻喜笑颜开，一步三滚地冲进毡房，伸手要糖。然而卡西又把糖紧攥在拳头里不放手。问他叫什么名字，问他多大了。逐一得到回答后，这才松手给他吃。卡西是喜爱孩子的。

斯马胡力却大大咧咧，似乎跟我一样总搞不清谁是谁。

我问他二姐莎勒玛罕的小女儿叫什么名字，迅速答曰"沙吾列"。

我很吃惊，说："怎么和阿勒玛罕姐姐的女儿一个名字？"

他连忙"哦哦"地纠正："不是不是，这个是阿银，是阿依地旦！"又解释道："样子差不多嘛！"

哪里差不多，简直差远了！真是的，亏他还是舅舅呢。

阿依地旦是所有孩子中最小的。不满周岁。得借助学步车才能四处活动（不愧有个开杂货店的爸爸。牧人的孩子谁会用得上学步车啊？）。但戈壁滩又不是大广场，地面上又是石头又是坑的，因此小家伙不停地翻车。孩子们一听到小阿银（阿依地旦的昵称）的哭声，争先恐后跑去帮着把车扶起。大人则哈哈大笑，说："出车祸了！"

后来大人们干脆把学步车用绳子拴在空地间的一块大石头上。于是，小家伙的活动范围只有以石头为中心，以两米长的绳子为半径那么大的圆圈。恰好不远处有一只刚出生的小羊羔，也被拴了起来。两个小家伙都看到了对方。他们努力地想互相靠近，但各自的绳子都太短。那情景真凄惨。

一个大孩子恶作剧，手持一截红毛线，站在一米外逗引小阿银去取。还不时冲她挤眉弄眼地吐舌头。可怜的小阿银，伸手够了又够，哭了又哭，总是差了十公分。她一定委屈地想：我的世界太小了！

最大的两个孩子负责照顾最小的三个孩子。而中间那几个不大不小的完全是自由之身。每天最主要的任务就是想法子打发时间。于是两个大孩子背着抱着牵着三个小不点儿，跟着几个闲孩子到处跑。辛苦却无怨无尤。

几只小羊羔（刚出生没几天，养在房前房后，再长壮一点才能加入羊羔群里放牧）也是孩子们的伙伴。大家非要给羊戴帽子（那个帽子之前戴在一个破鼻子的小家伙头上），但羊誓死不从。于是大家有的按着羊背，有的抱着羊头，有的把帽子死死扣在羊脑袋上。还有一个在附近野地上到处转着圈乱跑，想捡一截破绳子。后来有人贡献出自己的鞋带。大家大喜，七手八脚用鞋带把帽子紧紧绑在了羊头上。"戴"好帽子，大家一松手，小羊撒腿就跑。边跑边用力地晃脑袋，想把头顶上那个怪东西晃掉。大家一起追着羊跑，大呼小叫，让人觉得普天之下再没有比这个更了不得的事了。而其间一直下着雨。大家淋着雨做这件事，可见这件事对孩子们来说多么重要。

突然想到，努尔兰说准了，真下雨了。

其他几个大毡房平日都烧柴火做饭取暖，只有我家仍然烧牛粪。于是再去荒野拾牛粪时，就无论如何也坦然不起来了。总觉得有人在远处深深地看着自己……于是每次我都走得很远很远，一直走到地势起伏遮挡之处，摆脱了毡房群的视野后才开始拾捡。但孩子们却怎么也摆脱不掉，一直顽强地尾随在后。不过在他们面前倒没啥可害羞的。况且，大家还会帮着我一起捡，热心又开心。没一会儿袋子就满了。

在这沉寂的大地中，身边花朵一样环绕着新鲜欢乐的生命。他们多么神奇。

我忍不住问其中一个较大的孩子："明天还会下雨吗？"

他向西方看了看，说："不知道。"

羊的事

在塔门尔图春牧场，一只母羊死了。卡西告诉我，它犯了胸口疼的病。说着，还按住自己的胸口做出痛苦状。真是奇怪，她是怎么知道的？羊怎么告诉她的？为什么不是死于肚子疼或头疼呢？

而失去母亲的小羊刚出生没多久，又小又弱。卡西把它从羊羔群里逮出来单独养在毡房里。扎克拜妈妈不知从哪儿找来一只奶嘴儿，往一只矿泉水瓶上一套，就成了奶瓶。然后把小羊搂在怀里给它喂牛奶。

虽然小羊被直立着拦腰搂抱的姿势看起来非常不舒服，但牛奶毕竟是好喝的。于是它站在扎克拜妈妈膝盖边（只有两个小后蹄能着地），一声不吭，急急啜吮，足足喝了小半瓶。一喝饱就从妈妈怀里挣扎出来，满室奔走，东找西瞅。细声细气地咩叫着，想要离开这个奇怪的地方。

我们在它脖子上拴了绳子，不许它出门，每天都会喂两三次牛奶。哎，日子过得比我们还好。我们还只有黑茶喝没得奶茶喝呢。

然而，悲惨的事情发生了。直到第三天大家才发现搞错了：死了妈妈的不是这一只，是另一只……

这可是三只羊的痛苦啊！一只想妈妈想了两天，一只想孩子想了两天，还有一只饿了两天。——看卡西这家伙办的什么事！

相比之下，斯马胡力就厉害多了。要是数羊时，数字对不上，斯马胡力在羊群中走一圈就能立刻判断丢的是哪一只。还能说出它长得什么模样。还知道它的羊宝宝是哪一只，有没有跟着母亲一起走丢。真厉害啊。我家大羊有一百多只呢，小羊也有七八十只。他就像认识每一个人似的认识它们每一只。

在塔门尔图牧场，四个家庭的羊混在了一起。数量实在太大了，这会儿可能人都有点分不太清了。但人家羊心里有数。谁和谁与自己是一拨的，人家绝不会搞错。谁都愿意和熟悉的伙伴挨在一起走。于是，哪怕已经混成了一群，也一团一团保持着大致的派别。

直到搬迁出发的那天早上，大家才把四群羊分开。男人们骑着马猛地冲进羊群，将它们驱散开来，四散炸开。慌乱中，每只羊都奔向自己认识的羊，紧紧跑在一起。于是自动形成了几支群落。然后大家再将这几群羊远远隔开。女人和孩子们守得紧紧的，不让它们互相靠拢。男人们则进入每一支羊群挨个儿查看，剔出自家的羊拖走，再扔进自家羊占绝大多数的那支羊群。这样，四家人的羊就能以最快速度分开。

分羊时，大家也都和斯马胡力一样厉害，只消看一眼就知道是不是自己的羊。我却非要掰过羊头，仔细地查看它们耳朵上的标记不可。

一般来说，记号就是在羊耳朵上剪出的不同缺口。大约规定记号时，大家都坐到一起商量过的，所以家家户户的记号各不相同。但有的人家，估计是他家羊较少吧，托人代牧，没有属于自己家的特定记号，得靠羊身上涂抹的大片鲜艳染料来辨识。有的往羊脖子上抹一整圈桃红色，像统一佩戴了围脖。有的抹成红脸蛋，角上还扎着大红花，秧歌队似的。最倒霉的是一些雪白的山羊，人家长得那么白，却偏要给它背上抹一大片黑。

后来才知道，这些有的也是注射过疫苗的标记。就跟服过糖丸的孩子耳朵里被点一记很难褪色的红指印一个原理。

一段时间后，在不看记号的情况下，我也能认下好几只羊了。因为我目睹过这几只羊的出生，喜爱过它们初临世间的模样——在最初的时候，它们一个一个都是与众不同的。然而等它们渐渐长成平凡的大羊模样后，我仍然能一眼把它们认出来。因为我缓慢耐心地目睹了它们成长的全部过程。"伴随"这个词，总是意味着世间最不易，也最深厚的情愫。我觉得一切令人记忆深刻的事物，往往都与"伴随"有关。

在这个大家族里，对于年轻人或孩子，大家平日里都以小名昵呼之。有趣的是，所有人的小名都与养畜有关。比方说：海拉提的小名"马勒哈"是"出栏的羊羔"的意思。海拉提的养子吾纳孜艾小名"胡仑太"，意为"幼龄马"。而胡仑太的哥哥杰约得别克的小名（忘记怎么念的了）意为羊角沉重巨大、一圈圈盘起的那种羊——这就是"伴随"。

我们伴随了羊的成长，羊也伴随了我们的生活。想想看，转场路上，牧人们一次又一次带领羊群远远绕开危险的路面，躲避寒流；喂它们吃盐；和它们一同跋涉，寻找生长着最丰盛、最柔软多汁的青草的山谷；为它们洗浴药水，清除寄生虫，检查蹄部的创伤……同时，通过它们得到皮毛御寒，取食它们的骨肉果腹，依靠它们积累财富、延续渐渐老去的生命——牧人和羊之间，难道只有生存的互利关系吗？不是的，他们还是互为见证者。从最寒冷的冬天到最温暖喜悦的春日，还有最艰辛的一些跋涉和最愉快的一次驻停，他们共同紧密地经历。谈起故乡、童年与爱情的时候，似乎只有一只羊才能与那人分享这个话题。只有羊才全部得知他的一切。只有羊才能真正地理解他。

而一只羊在它的诞生之初，总会得到牧人们真心的、无关利益的喜爱。它们的纯洁可爱也是人们生命的供养之一啊。羊羔新鲜、蓬勃的生之喜悦，总是浓黏、温柔地安慰着所有受苦的心和寂寞的心。这艰辛的生活，这沉重的命运。

因此，在宰杀它们，亲手停止它们的生命时，人们才会那样郑重——人们总是以信仰为誓，深沉地去证明它们的纯洁。直到它们的骨肉上了餐桌，也要遵循仪式，庄严地食用。然而，又因为这一切所依从的事关"命运"，大家又那么坦然、平静。

失去母亲的幼小羊羔，它的命运会稍稍孤独一些。在冒雨迁徙的路途中，那么冷。驼队默默行进。它被一块湿漉漉的旧外套包裹着绑在骆驼身上，只露出一颗小脑袋，淋着雨，一动不动。一到达临时驻地，扎克拜妈妈赶紧先把它解下来，又找出奶瓶喂它。但它呆呆站在那里，一口也不吃。我摸一摸它的身体，潮乎乎的，抖个不停。我怕它会死去……但那时，大家都在受苦。班班又冷又饿，一整天没有进食了，毛茸茸的身子湿得透透的，看上去瘦小了一半。小牛们被系在空旷的山坡湿地中顶风过夜。满地冰霜。我们的被褥衣物也统统打湿了。我们身上的衣物也一直湿到了最贴身的内衣。我们和所有牲畜一样，不知如何挨过即将到来的寒冷长夜。而长夜来临之前，天空又下起了雪……像我这样懦弱的人，总是不停地担忧这担忧那的人，过得好辛苦啊。这也是我的命运。

在恶劣季节里，虽然大家非常小心地照料羊群，及时发现了许多生病的羊并帮它们医治，但还是免不了一些母亲失去孩子，一些孩子失去母亲。当羊群回来，又少了一只大羊的时候，扎克拜妈妈就牵着它的羊宝宝四处寻找。旷野中，小羊凄惨悠长地咩叫，大羊听到的话一定会心碎的。一定会挣扎着拖着受伤的身躯坚持回到驻地。但如果那时大羊已经静悄悄地在这原野中的某个角落中死去，它就再也不会悲伤了。而小羊也会很快忘记一切，埋首于新的牧场的青草丛中，头也不抬，像被深深满足了一切的愿望。

我总是嘲笑家里养了群"熊猫"。来到塔门尔图，看到爷爷家的羊群后更乐了——爷爷家养了群"斑马"。

我家黑白花羊的纹路是团状的。而他家是条状的。

我在"斑马"群中看了半天，总算发现了一只毛色单纯的漆黑小羊。但再仔细一看，很是惊吓——那小羊是畸形的！腰部严重扭曲，脊椎呈"S"形。走起路来一瘸一拐，跟爬行一样困难。可它仍努力地跟着羊妈妈走在大队伍中，生怕掉队。难道羊也会得小儿麻痹症或脊椎侧弯？真可怜……

卡西说它一生下来就是那样的。

它吮妈妈奶水的时候，比其他小羊吃力多了。因为不好跪下去。但却和其他小羊一样聪明。若奶水没了，就含着奶头用小脑袋使劲地顶，把奶水撞出来后再继续吮。

一天赶完羊后，我们拍打着身上的尘土往家走。经过大羊群时，扎克拜妈妈突然说："看！耳朵没有！"我顺着她指的地方一看，果然有一只羊没有耳朵，秃脑袋一个。

大吃一惊，连忙问："怎么回事？长虫子了？剪掉了？"

大家说不是。

我又问："太冷了，冻掉的？"

大家都笑了，说它又不是酒鬼。

卡西想告诉我它是天生没耳朵的，却不会说"天生"这个汉语词。那段时间她坚持以汉话和我交流，只能如是道："它嘛，妈妈的肚子里嘛，这个样子的是的！"

斯马胡力又告诉我，因为没有耳朵，这羊的耳朵眼容易进雨水和异物。一年到头老是发炎、流脓水。大约耳朵总是很痒，它便整天偏着头在石头上蹭啊蹭，跟耳朵受伤发炎的班班一样。

羊的生命是低暗、沉默的。敏感又忍耐。残疾的小黑羊和没有耳朵的绵羊，不知它俩是否在意自己的与众不同，不知是否因此暗生自卑和无望。然而这世上所有一出生就承受着缺憾的生命，在终日忍受疼痛之外，同样也须要体会完整的成长过程，同样须要领略活着的幸福。同样地，在每一天，它们也会心怀希望，跟着大家四处跋涉，

160

寻找青草，急切地争吃盐粒……更多地，它们总是一次又一次忘记自己的病痛，忘了自己更容易死去。因此，羊的生命又是纯洁、坚强的。

嗯，仔细观察的话，羊群里奇怪的羊很多。比方说，山羊的角又直又尖，非常漂亮气派。可却有一只山羊的角像某些绵羊那样，一圈一圈盘曲着冲后脑勺下方生长。孤陋寡闻的我初步认定它是混血儿……

还有一只山羊也与众不同，两只角交叉成"X"形长着。难道小时候和高手顶架顶歪了？

卡西说，这也是天生的。

我家还有一只羊，一只角朝前长，一只角朝后长。大约也是天生的。

哈拉苏：离开和到达的路

在塔门尔图安定下来之后，我一有空就走进荒野里四处转悠。走很远都找不到一棵树，连一丛灌木也没有。

我想寻一根合适的木棍，为自己下一次的出发准备一根顺手的马鞭。

上次丢了马鞭后，虽然有斯马胡力为我折的柳枝，但一点儿也不结实。还没到目的地就断成一截一截的了。对于我这样的笨蛋来说，骑马不使鞭子的话，根本就吓唬不了马。于是老落在最后，给大家拖后腿。

有一天，大毡房那边的那群尖下巴小孩聚在我家门口玩。我一眼看中了其中一个孩子挥舞的木棍，粗细长短正合适。于是我不动声色地把他们唤到跟前，从笔记本上撕下来几页纸，一人发一张，教他们叠纸帽子。果然，他们上当了。把棍子一丢，认真地跟着学了起来。然后一人戴了一顶小小的纸帽子回家，欢天喜地给大人看。没人记得棍子的事。

我拾起棍子塞在花毡底下。大舒一口气。似乎从此以后再没什么可害怕的了。

出于对上一次转场教训的充分总结，这次搬家的时候，除了马鞭，我总共还做了以下准备：
一件棉毛衫，一件厚衬衣，一件毛衣，一件贴身的羽绒坎肩，一件羽绒外套，一件棉大衣。

下身是两条秋裤，一条厚毛裤，一条牛仔裤，一条看起来应该可以防雨的厚厚的化纤面料裤子。

羽绒衣和大衣都带有帽兜。两个帽兜一起罩着脑袋，脖子上再围一条厚厚的围巾。再加一双毛线手套。

——上上下下，刀枪不入。

出发前一整个礼拜天气都不错，暖和又晴朗。偶尔洒几滴雨，很快就停了，地皮都打不湿。偏偏就在出发前的头一晚突然变天了。

傍晚，大家正在忙碌着拆房子打包时，有一两只蜻蜓在身边飞来飞去。妈妈看了叹息一声，看上去非常忧虑。一开始我不明白她的意思，只是奇怪戈壁滩上怎么会有蜻蜓呢？后来才突然想起，这正是下雨之前的征兆。

这次搬家，卡西叔叔家、爷爷家和我们家一起动身。三支驼队将在东边大山的山脚下分手。卡西叔叔家向北沿着山脚一直走，我们和爷爷家则向东直接翻过大山。

天蒙蒙亮，我们就开始分羊了。数千只羊聚在一起容易，分开就有些麻烦了。男人们紧张而焦虑，骑着马在羊群中来回穿，孩子和女人们大呼小叫地围追堵截、扔石头。直到太阳升起时才把羊群分开。

而所谓"太阳升起"，只是东方沉重的阴云间一团绯霞的升起。从头一天半夜里就开始下雨。天亮后雨势总算小了一些。虽然是阴雨天，但大地的坦阔舒畅令阴天也焕发着奇异的光彩。而羊群们却因皮毛淋湿了而成为视野里一团团沉重、混浊的深色。几乎每一只大羊身边都紧紧跟着一只小羊。羊们一个挨一个静默在雨中，脑袋冲着同一个方向，雕塑般一动不动。似乎它们比我们更明白什么叫作"启程"，似乎它们比我们更习惯于这种颠簸不定的生活。似乎从几万年前，它们就已经接受这样的命运。

如果长住的话，毡房的四个房架子全都要支起来，完整地顶起天窗。如果只住个把礼拜，就搭"头上打结儿"的房子，将大毡房减缩为又低又矮的袖珍毡房。如果只是住一个晚上，那就更简单了，只用得上两个房架子。把两个房架子撑开，相对靠放，搭成一个"人"字形的小棚。里面面积也就两三平方米的光景。全家人一个挨一个躺进去过夜。扎克拜妈妈称之为"依特罕"，依特是"狗"的意思。我理解为"狗窝"。

昨天晚上拆了毡房后，我们睡的就是依特罕。铁炉子置放在依特罕不远处，四面空空如也。我蹲在野地里烧茶，妈妈他们在拆过房子后的空地上忙碌个不停。太阳能灯泡依旧挂在插在大地上的铁锹把子上。昏黄的光明笼罩着这有限的一团世界。这团光明的世界之外是深不见底的黑暗。似乎这团光明不是坐落在黑暗之上，而是悬浮在黑暗正中央。四面八方无依无靠。不远处妈妈他们几个人，正处于眼下这团巨大的无依无靠中。他们沉默而固执地依附于手头那点儿活计，以此进行抗拒……茶水烧开了，水汽冲开壶盖，突兀地啪啪作响。我提开茶壶，看到下面耀眼的火光像最浓艳的花朵，孤独热烈地盛放在黑暗中。

不知为何，每次搬家都忍不住心生悲伤。

但与第二天的行程相比，这样的悲伤真是浪漫且虚弱！

最糟糕的是，我只顾着应付突然到来的悲伤，临行前把藏在花毡下的那根珍贵的木棍忘得一干二净！于是这次上路我仍然没有马鞭用。仍然被马欺负着，拖拖拉拉走在队伍最后。不停地被大家催促。

那样的雨啊，那样的冷啊……最现实的痛苦让人一句话也说不出口。除了忍受，只能忍受。

我们可真倒霉。每次都这样——搬家前，一连好几天风和日丽；到了出发当日，不是过寒流就是瓢泼大雨。

半上午，队伍才出荒野。开始进山时，雨势转大了。甚至有那么一会儿工夫根本就是倾盆直下。不管我穿得多厚也给浇了个湿透，像负了一座大山似的浑身沉重。那条化纤裤子真是太让人失望了，看起来亮晶晶滑溜溜的，还指望它能防点儿雨，结果一点儿用也没有。

每过一会儿，我就抖抖索索把毛线手套摘下来拧一把水。手被泡得惨白，手指皱皱巴巴，跟搓澡巾似的。但哪怕是湿透了的手套也不敢不戴。实在太冷了。一进入山区，气温骤降，体感估计已经到零度以下。

做人可真矛盾，刮风的天气里总觉得宁可淋点雨也不要刮风。到了下雨天呢，又觉得还是刮大风过寒流之类比较能忍受一些。

六岁的孩子加依娜被裹在毯子里放在妈妈莎拉古丽的马前。有好几次我打马经过她俩，看到这个孩子的漂亮面孔冷漠而麻木，额前的头发湿漉漉的。大家都沉默着，没有人提出来休息。再说眼下这段山路非常危险，不捱过去，心老是悬在嗓子眼。

此处叫作"哈拉苏"。字面意思为"黑色的水"。一路上经过的山石果然都是黑乎乎的，几乎没有什么植物生长。道路全是陡峭的"之"字形，紧附着陡直的石壁向上延伸。走在路上往下方看，有好几段崖面几乎直上直下。脚下的路又窄又陡，许多路段全是光石头，没有泥土。加之雨水冲刷，非常滑。驼队走得慢慢吞吞。由于负重前行，一旦滑倒，这些庞然大物就很难站起来了。尤其在最陡峭的路面上，一倒下就会从山体一侧翻滚坠落下去。

骆驼自己似乎也是很害怕的，走着走着，总想停下来。但绝对不能让它们停，一停留就会影响后面骆驼的行进。万一后面的骆驼正卡在险要处，会因进退不得而倒下。于是斯马胡力策马前前后后忙个不停，抽打它们的屁股，还用力地扯骆驼的缰绳。几乎所有的骆驼鼻孔都被扯破了，血一串一串地流个不停。

途中真有一个年龄较小的骆驼倒了下来。这是它第一次负重行进。为了不引起混乱，后面的队伍绕过它继续前进。男人们则留下来给那只侧身歪倒在山路上的倒霉蛋卸去重荷。全部行李卸完后才好不容易把它拉起来，然后再重新往它的驼峰两侧打包挂行李。但这一次明显减轻了它的负担，把一小半箱笼包袱都分配给了其他的成年骆驼。

唯一无忧无虑的似乎只有小骆驼。一个个一身轻松，神气活现地跑前跑后。虽说有几只小骆驼身上也被绑了几根横棍，挂了一面大锅或一卷毡子，但这对于它们几乎和马一样大的身架来说，根本算不得什么。照样一颠一颠地东游西荡，来回乱窜。似乎有意在大骆驼面前显摆它们的轻松与自由。哼，快活不了几天了，等你长大就惨了。

这一回羊群没有和驼队分开，前前后后紧紧相随。一旦有大羊领着羊羔离开队伍，爬上山体一侧找草吃，好狗班班就冲过去赶到它们前面，把它们堵回正路。

班班也很辛苦，浑身湿淋淋的，饿着肚子，还要跑上跑下地监督羊群。走到后来，它的速度越来越慢，也一副快要透支的模样。

快到山顶时，雨势转小，却转成了雨夹雪。细碎的雪粒子夹杂着雨水，又冷又沉重地扑向每一个人的面孔。

幸好地势险要，每个人都提着心，吊着胆，加之还得不停地在驼队间跑前跑后，忙碌不停，相当大一部分注意力都被分散了。要是这一路上平平无奇啥事也没发生，每一个人都全身心地面对寒冷，全部感官和整个心灵都用来感受现实的痛苦的话，那就太无望了。至少像我这样的人，恐怕早就冷死了。

四个小时之后，我们总算结束了这场沉默痛苦的行程。我们翻过了哈拉苏——这条夏牧场上以险要著称的牧场古道之一。

在最后一处达坂上，我回头望。并问斯马胡力："非走这条路不可吗？去冬库尔（我们的下一处牧场）再没有别的路了吗？"

他露出了今天的第一个笑容："有。但那是别人的路。"

可可仙灵

站在哈拉苏最高处的达坂上往东面看，真是奇迹啊！——脚下这座大山的西面，也就是我们刚走过的地方，陡峭狰狞，几乎寸草不生。可山的东面却跟换了副面孔似的。只见满目无边无际连绵起伏的舒缓坡地，在雨幕中青翠耀眼，绿意盎然。仿佛我们攀尽天梯之后，来到了天堂。

经历过吉尔阿特和塔门尔图那样荒凉的戈壁荒野之后，突然一头闯进天堂——再想想刚才的艰苦行程，觉得还是值得。

一过达坂，羊群和驼队就分开前进了。于是卡西和海拉提赶着羊群消失在东南面的大山后。我们剩下的四个人管理驼队和牛群。

斯马胡力说，离今天的驻地不远了。

此后的山路悠缓而顺畅。雨渐渐停了。阳光从裂开的云缝间一缕一缕地投向群山间。一团一团的巨大的白色水汽袅袅上升，和天空散开的云朵连接在一起。

一个小时后，我们终于到达了此行的第一个目的地：
可可仙灵。

可可仙灵碧绿湿润，草地密实深软。视野里群山起
伏，所有大山的上半部分满满覆盖着森林。

真是奇怪，这么好的地方，为什么不早一点儿来呢？干
嘛非得在塔门尔图那样干旱荒凉的地方多耽搁一个多礼拜。

不过我又听说，牧民转换牧场的时间表是牧业办公
室根据每年的实际情况制定的。大约比较严格，不好随意
行动。再说牧场是划分好的。可可仙灵这样的地方毕竟是
别人的牧场（此处牧民还未赶到），停驻一晚上，牲畜稍
微啃食一点附近的草地是可以的。多住两天就破坏太明
显了。

在可可仙灵，妈妈挑了路边一处向阳的高地驻扎，明
天再继续赶路。而海拉提的妻子莎拉古丽停驻的地方离我
们老远，隔着好几个山头。我觉得很奇怪，只是一个晚上
而已，为什么不住在一起呢，也好有个照应嘛。眼下天大
地大，又不是挤不下。

下马时才发现整条腿都僵了。脚尖一触着大地，像要
折断似的生痛。几秒钟后，奇痛难忍的麻痒从脚趾头尖一
路往腰部攀延。我拉直了腿，在草地上慢慢坐下，动也不
敢动。好半天才扛过去。

那股难受劲儿一过去，我就赶紧起身帮着扎克拜妈妈卸掉可怜的骆驼们身上的重荷。根本顾不上换下湿衣物。再说包裹也差不多都湿透了，恐怕也很难找出一件干衣服来。

解散驼队后，轻松下来的骆驼们四下活动。吃草的吃草，发呆的发呆。妈妈去山下沼泽地里打水。我赶紧拆开最大的几个包裹，把淋湿的被子褥子翻出来，摊开晾在山顶的灌木丛上。指望这些被子在睡觉之前能被风吹干一部分。

虽然天气依然很冷，阳光时有时无，但到了下午，风突然变得猛烈有力起来。

在刚才的山路上，我们唯一的铁皮炉子已经被路边的大石头撞得没鼻子没眼了。铁皮烟囱也给挤得扁扁的。我只好捡一块石头，把炉子和烟囱敲敲打打砸了半天。不说恢复原状，好歹能使之站稳当了。这才去拾柴火生火。

山里倒是植被茂密，石头缝里满满地生长着成片的小灌木。但刚下过大雨，到处水淋淋湿漉漉的，到哪去找干柴啊？这时，妈妈拎着水桶上来了。看我还没生起炉子，有些不悦。她转身走向一株团状的铺地柏和一丛扎着稀稀拉拉细碎叶片的高大植物，三下两下折断了几大枝，拖回炉子边让我烧。果然，这两种看似湿透了，还生着绿色叶子的植物茎秆一点就燃，特别好烧。边烧还边噬噬啦啦作响。木质里一定油分很大。

在等水烧开的时间里，妈妈和斯马胡力开始搭建今天晚上过夜的依特罕。我这边才总算空闲下来，开始脱身上的湿衣服。

之前生起炉子后，我顺手把火柴放进了外套口袋，忘了衣服是湿的了。结果不到两分钟再掏出来，整整一包火柴已经湿得软塌塌的，还滴着水，再也没法用了。

湿透的大衣又沉又硬。脱下来后，感觉像从身上剥去了一层硬壳。

脱掉袜子，发现脚都快要泡熟了。皱皱巴巴，惨白惨白。一摇鞋子，里面咣当咣当全是水。

满地都是包裹，一时没法找到替换的衣服。我便把身上的湿衣服只脱了一部分，使劲拧掉水后摊开在大风里。等它们被风吹干一些了，再把身上剩下的衣服替换下来。

风很大很大。到了半下午，天气突然变得好得不得了！虽然不是万里无云的那种晴朗，但大风全面经过世间的清爽感极为强烈。大块大块的云朵在低空中飞快移动，阳光时不时露个脸照耀大地。阳光照耀处的水汽最浓郁，它们迅速在低处凝聚成形，再迅速上升，随风奔驰。

我们驻扎处地势很高，脚下的群山间也密集地飘浮着白茫茫的新鲜水汽。水汽从一座山头笼罩到另一座山头，不停地到来，不停地离去。我们仿佛身处云端。

而我本身也确实待在云里——我在旺盛的火炉边蹲了没一会儿，就被滚烫的炉火烤得浑身水汽缭绕。裤子上、身上、头发上，没完没了地冒着"白烟"。整个人像是快要挥发掉一样沸沸扬扬。再被大风一吹，浑身轻松多了。

此时，我们晾在附近灌木丛上的被褥和湿衣服也水汽氤氲，像刚揭开盖的蒸锅。

这种处处水汽蒸腾的奇观恐怕只能在此时此地这种特殊环境中可以见到了——得要有足够冷的空气，还得足够潮湿。

茶水一烧开，我立刻招呼妈妈和斯马胡力过来喝茶。虽然已经饿了很久（从凌晨两点起身打包行李到现在，快十二个钟头滴水未沾），但大家都吃得不太多。斯马胡力只喝了两碗茶就推开碗，把身上的湿大衣往湿漉漉的草丛里铺开，倒头就睡。这家伙总是大大咧咧，难怪身体不好，经常嚷嚷这疼那疼的。

我使劲推他："铺个毡子再睡吧！"

但他咕噜道："毡子也没有干的。"

翻个身不再理我，然后就再也推不醒了。他太疲惫了。

只剩我和扎克拜妈妈面对面沉默着慢吞吞地喝茶，边喝边等待羊群回来。

突然，扎克拜妈妈捡起餐布间的一块干馕，站起来大声呼喊班班。只过了一秒钟，班班就出现在了眼前。它惊喜不已，一口接住扔过来的馕。这是我第一次看到妈妈喂班班。

虽然还是很冷很冷，冷得时不时打哆嗦，但比起不久前还在途中时的那种"暗无天日""永无希望"的状态，此刻的阳光和炉火简直奢华极了。何况还有滚烫的奶茶。

半个小时后，我捏一捏晾着的毛裤，似乎干爽一些了。就赶紧把身上的湿秋裤替换下来。脱裤子时，我看到两条腿被泡得要多恶心就有多恶心……内裤也一拧一把水——那水还非常恐怖地流得稀里哗啦。

刚换上的毛裤又冷又硬地扎着皮肤。然而比起因湿透而发硬的秋裤，还是舒适多了。

无论如何，最最没有希望的时刻已经完全成为了过去。

但是卡西呢？卡西他们俩为什么还没有到……

我站在依特罕旁，向东方张望。群山间只有满目的苍翠以及迅速游走的云雾。

这时，突然洒过来一阵急雨，我赶紧抢收被子衣物。刚被吹得有些半干的衣物又淋湿了一层，真令人悲伤。

好在这雨没下一会儿就渐渐转移向西边山头了。

山里气候迥异。雨都是一小团一小团下的。这个山头下一阵，那个沟谷再下一阵，并非铺天盖地地笼罩住整个世界。

有时候走在路上，突然下起雨来，就赶紧往前跑，前面就没雨了。

还有些时候，一行人一前一后地走在山路上，相距不过一百米。下雨时，前面的人淋得够呛，后面的人都不晓得下过雨的事。

很多时候，我喜欢在阳光灿烂之处远远遥望那些下雨的地方——那一处被浓重的雨幕笼罩着，像是一大团黑雾孤立地悬停世界一角，四面无援。

还有的时候，我站立的地方正是雨幕和晴朗空气的交界点。世界一半光明一半阴沉。如梦如幻。身后的影子和我则站在另外的交界点上相峙。如果正值傍晚，夕阳投进东方的雨幕之中，可见到巨大清晰的彩虹。有时那彩虹还会环环相套，不止一条。

此时此刻的可可仙灵，也是大雨、阳光和云雾的巨大舞台。风景变幻莫测。我们的依特罕在天地间极其突兀，露出鲜艳的木栅栏骨架——它是红的！上面盖着的花毡也是红的！而在此之前的可可仙灵，满目纯然的青翠。这个世界里只有绿的鲜艳，还从没出现过红的鲜艳呢。

我站在依特罕旁举目四望，群山动荡。我们所处的位置多高啊。已然黄昏。视野中的太阳却迟迟不肯落山。斯马胡力还在一旁草丛中深深沉睡，再也感觉不到寒冷和疲惫似的。扎克拜妈妈没完没了地整理着散开一地的包裹。

这时，东方大山一角耸动着点点白色。再仔细一看：羊群过来了！

卡西他们来了。

很快，那边的羊群在一整面山坡上弥漫开来。沿着平

175

行着布满坡体的上百条弧线（那就是羊道）有序前行，丝丝入扣。这时，眼下的整个山野世界仿佛终于从深沉的寂静中苏醒过来。羊群的脚步细碎缠绵地踏动大地，咩叫连天。接着，卡西的红外套耀眼地出现在羊群最后面。

我立刻拨动快要熄灭的炉火，重新烧茶。

待羊群完全走到驻地附近则是一个小时以后的事了。却只看到卡西一个人，海拉提不在。

海拉提分出大家庭后，家里只有四口人：父亲托汗（其实是他的爷爷）、他、年轻的妻子莎拉古丽及六岁的女儿加依娜。

由于这条牧道极为艰险，出发这天天气又不好，上了年纪的爷爷便没有跟上来。暂时留在大儿子家里。而爷爷的大儿子一家一个礼拜后才搬离塔门尔图。那时爷爷再赶往我们的冬库尔牧场。

之前，我们在可可仙灵驻地下的岔路口和莎拉古丽分手后，她一个人照应着自己的驼队和女儿，继续向前走。她家的驻地在离我们一公里处的山间平地上。莎拉古丽是年轻柔弱的女子，一个人没法卸骆驼。海拉提记挂着她，所以当羊群经过最艰难的一段路面后，就把羊统统交给了卡西，自己打马回家去了。

卡西一个人照料一千多只大大小小的羊，走了十几公里山路，真辛苦啊。

我曾经指责斯马胡力，为什么每次搬家都让卡西赶羊，他自个儿却轻轻松松地跟着驼队走？

　　斯马胡力很不好意思地笑，什么也没说。倒是一旁的卡西急了，替哥哥辩解（以汉语）："放羊没事！赶骆驼，那个厉害！"

　　后来我才明白，赶羊的活儿虽然很累，但也只是时间和体力上熬人而已。而驼队的行进过程中危机四伏。不出意外还好，一旦出了什么事，就只能依靠男人的力量才能化险为夷。比如这次倒下一峰骆驼，如果斯马胡力不在，光靠海拉提一个人绝对没法在峭壁间把它重新拉回正路的。

　　为什么骆驼要和羊群分开前进呢？后来才恍恍惚惚地明白：除了骆驼负重，必须得抄近道迅速到达目的地这个原因外，还因为羊群必须得啃草进食——它们得沿着远离主道的水草丰茂之处行进。骆驼饿几天没问题，羊一天也饿不得啊。

路上的访客

　　我们露着鲜红房架子披着鲜艳红花毡的依特罕停在绿色的可可仙灵，像是沉睡的山野睁开的一只眼睛。它凝视着所有远行人，说："来这里吧，来这里——"

　　奇怪的是，之前曲曲折折走了一路，一个人也没看到。一旦停下来，刚架好两扇房架子，山下的小路上就陆续有人骑马经过了。而且没有一个不顺便过来喝茶聊天的。我只好不停地烧茶，不停地为客人们准备食物。

　　妈妈在草地上一大堆乱七八糟的物什中翻啊找啊，半天才把米找了出来。让我焖"巴劳"（手抓饭）。今天大家都辛苦了，一定要吃些好的。

　　我好不容易才找到装羊油的小锅。在热锅里化开一大块雪白的羊油，切碎小半颗洋葱和乒乓球大的一颗土豆煎进油里。然后倒进半锅水，撒上盐，再把米铺在水中，最后盖上锅盖焖煮。

　　地道的手抓饭是用羊肋骨条和黄色胡萝卜做的。而我家则是有什么食材放什么，并不讲究。我曾经还用芹菜焖过抓饭，还用过青椒和白菜。老实说，都蛮好吃的。

　　大家围着这只小小的锅子，边烤火聊天边期待开饭。一个个都非常快乐。我们小小的依特罕给寒冷的行路人带来了多么巨大深沉的慰藉啊。不只是我们迫切需要热腾腾的食物，他们也同样需要。在这样的天气里，走这样的山路，谁不是又冷又饿呢？

　　第一个上门打招呼的客人是一个热心又恳切的小伙子。喝完一轮茶后并没有告辞。一直等到我们的羊群抵达驻地，并帮我们分开大小羊，把所有羊羔都赶入圈（此处大约是一块使用多年的驻地，附近有一个旧羊圈），才又坐回餐桌边和我们喝第二轮茶。同时等待手抓饭出锅。

　　本来我并没有特别注意这个年轻人的。只觉得他长得秀气又漂亮，脸膛黑黑的，目光文雅有礼，而且还会说不少的汉话。和他用汉语交流时，我问起他家牧场的驻地，又问他家离我们将要停留一个月的冬库尔牧场远不远。他回答说"很远"，并伸手向东北面的群山指了一下。

　　然后我又向他打听冬库尔的情况，还问他有没有去过那里。

　　他说去过，然后又静静地说："那个地方，美丽的。"

　　我突然愣了一下——"美丽"……似乎很久很久都没有听到过这样一个丰满又湿润的汉语词汇了。

　　在卡西家里，若提到某人很美、某地很好、某件衣服很漂亮时，大家使用的汉语只有一个字："好"。程度再高一些，就是"很好"。再高的话，就是"好得很"以及"好得很得很"……可是，单单薄薄的一个"好"字，哪能说清情感中那些倾慕的内涵，那些浪漫醉人的心意呢？

于是，我一下子对这个年轻人喜欢得不得了。话也多了起来，不停问这问那。

后来当他离开时，我竟心生一丝怅然。希望以后还能再见一面。

斯马胡力说这个小伙子是他的同学，两人年龄一样大。我便说："都是同学，人家这么厉害，会说这么多汉话，为什么你不会？一定是不好好学习。"

他大笑着辩解："老师喜欢他嘛！"

扎克拜妈妈不动声色地插了一句："人家每天读书到十二点，斯马胡力每天喝酒到十二点。"

对了，这个年轻人的羊羔也是我们的访客之一。他家的一只母羊不巧在迁徙途中产羔。新生的羊羔不能长途跋涉，便用毛毯将它裹起来捆在马鞍后带向目的地。大家吃饭的时候，一边马背上小羊羔咩叫个没完没了。那时我们的羊羔已经完全入圈了，大羊全在羊羔圈外焦虑不安地守候着。大家对于这个新的驻扎地疑虑重重，不得安宁。所以一听到这边有小羊在叫，统统跟着附和。

——这边"咩"地甩出一串娇滴滴的颤音，那边就千羊齐鸣："咩咩！！！"争先恐后，声势浩大。

就这样一唱一和，没完没了地闹腾。整座山头此起彼伏的呼唤声。那只小羊羔哪像是刚出生的，劲头儿真大啊，叫了老半天嗓子都没叫破。而大羊们也全是笨蛋，管它认不认识就跟着瞎起哄。

我忍不住跑到马旁边去看那只小羊。它被紧紧裹着，只露出一颗小小的雪白脑袋。一看到我，就警惕地闭上了嘴。

但水灵灵的咩叫声却还在继续。我转到马的另一面，乐了——那边还有一颗一模一样的小脑袋。原来它们的羊妈妈产了双羔。

转场的时候，过于弱小的羊羔都是放在马背上前进的。我曾见过最动人的情景是：一只红色彩漆摇篮里躺卧着一个婴儿和一只羊羔。揭开摇篮上盖着的毯子，两颗小脑袋并排着一起探了出来。

除了那位捎羊羔的客人，席间还有一位扎着白头巾的白胡子老头儿，领着自己红黑面孔、大大眼睛的沉默孙女。另外还有一个客人，也是个小伙子。但他似乎和大家都不太熟，自始至终一声不吭。

但面对热腾腾刚出锅的食物，所有人温暖惬意的心情应该都一样的。大家一边吃一边认真而愉快地谈论着什么。我一边听着一边扭头四下张望。眼下这个停有我们红色依特罕的小山顶多么孤独啊。四面雾气动荡、起伏不定。石头羊圈边绵羊群微微蠕动，白色的山羊在碧野中三三两两地徘徊，骆驼站在不远处的灌木丛中一动不动。

巨大的云块在天空飞快移动。西斜的太阳不时深深地陷落在一团团阴云之中，又不时猛地挣脱出来，晃出几束灿烂的光芒。每当阳光乍然迸现，万事万物顿时身形一定，被自己身后突然出现的阴影——清晰深刻的阴影——支撑得稳稳当当。而没有阳光的时候，万事万物似乎都脚不着地地飘浮在这水汽蒸腾的山野之中。

像往常一样，米饭只做了四人份的，但光客人就有四个。那么匀下来每个人就只能吃半份了……再加上还要由着斯马胡力这个肠胃深不见底的家伙尽情吃，我和卡西便只舀了两三勺尝了尝。然后掰碎干馕块泡茶充饥。

刚才赶羊入圈的时候，客人们都相当卖力地帮忙。前前后后、东奔西跑，好半天才把大小羊分开入圈。还帮着数了两遍大羊。那时我感激地想：真是民风淳朴啊，无论路过什么样的劳动，都会下马帮一把。结果，大家似乎是为了更心安理得地就餐才……啊打住，有这样的想法真罪过……

再看看扎克拜妈妈和客人们聊得高高兴兴的样子，更觉羞愧。少吃了一口饭而已，哪来这么大的怨念。

不过香喷喷热乎乎的米饭真的好诱人，真想再吃一口啊……

卡西最辛苦了，一个人赶回了羊群，脸都冻成了铁青色。话又说回来，谁叫这家伙臭美，帽子也没戴，头发湿得直滴水。她一到家，看有客人，卸了马鞍后就赶紧帮着提水拾柴。一直忙到吃饭时，湿衣服还没换下来。

此时，她沉默着不停地喝茶，头发仍是湿的。紧靠着火炉，浑身蒸汽腾腾。一个十五岁的孩子，独自赶羊，熬了这么长时间，一路上肯定经历了许多困难。但她什么也不说，什么也没抱怨。只是珍惜地享受着眼下这短暂的温暖和平静。

正吃着，突然又下起了急雨。紧接着一阵冰雹噼里啪啦砸了下来。大家赶紧揭起餐布，兜住食物往依特罕里躲。简单脆弱的依特罕竟成了这个世界里最安全的所在。然而只挤进去六个人，还有两个小伙子怎么也塞不进来了，只好坐在房架子外挨淋。但他俩一边淋雨一边捧着茶碗继续喝。满脸是水，无所谓地笑着。

哎，无论如何，一切都过去了。我想起不久之前，在哈拉苏山路上经过了驻扎在一条山沟沟口处的毡房，那是一路上唯一所见的一顶毡房。当时我多么忌妒这一家人啊——他们有挡风遮雨的地方，他们不需要在下雨的日子里搬家，他们家里有暖暖的火炉和热乎乎的茶……

为路过家门口的驼队准备酸奶，是牧人们古老的礼俗。那时，这家的女主人正站在路边，手捧一只大碗。当时心里一喜，但愿她端的是热乎乎的奶茶。但那怎么可能呢……打马奔过去一看，雪白的一大碗。于是又但愿是加热后的纯牛奶。但那也不太可能……无论如何，我心怀希望。眼巴巴看着前面的扎克拜妈妈先接过来喝，然后她递给斯马胡力，然后是海拉提……好不容易轮到我，立刻接过来狠狠灌了一大口……唉，除了酸奶还会是什么？而且是那种没加糖的、完全脱过脂的、清汤清水的稀酸奶……

之前本来就已经冷进骨头缝里了，喝了那口酸奶之后更是冷进了心窝。我发誓一辈子都没喝过这么酸的酸奶！这发酵发得也太过了吧，甚至都有些度数了。我觉得都已经算是低度酒了。咽下去后，好半天才缓过劲儿来。把碗送回去后，我大声说："跟酒一样！"

那时妈妈立刻说："豁切！胡说！"

但是她笑了，其他人也都笑了。

——就在我正想着这个的时候，妈妈恰好也想起了这件事。于是她给客人们说起了刚才"李娟喝酒"的事，大家都宽和地笑了起来。

昨晚只睡了两三个钟头，加上今天辛苦而寒冷的跋涉，我又累又困，觉得站着也能睡着。但眼下到哪里睡去？今天的工作远远没有完成，客人还没有告辞，牛奶还没有挤，被褥和毡子还没有干透。四下的寒冷和潮湿提醒我一定要打起精神继续往下扛。黑夜快要降临，该做的事总会一一结束。那时，一切才是真正地过去了。

盛装的行程

　　无论是从吉尔阿特迁往塔门尔图，还是从塔门尔图迁往可可仙灵，我所参与的每次搬迁的行程居然从没遇到过平静的晴天。不是过寒流就是下大雨。真是倒霉，真是奇怪。

　　想到往后还要继续深入更加寒冷多雨的深山夏牧场，未来一定还会有更为漫长的披风沐雨的长途跋涉。于是在冬库尔夏牧场安定下来后，我进了一次城，买了几件宽大结实的斗篷式雨衣。但对于我的好心，大家轻蔑地拒绝了。都说："穿这个，像什么样子！"都不愿意把漂亮衣服挡住。

　　于是，后来离开冬库尔迁往深山牧场的那一次行程，就我一人蒙了件雨衣。果然，第一天又是风又是雨又是雪的。除我以外，大家都淋得够呛。尽管如此，还是没人羡慕我。

　　躲在雨衣底下多安全啊。想到更久远的年代里的那些牧人们，不但没有雨衣，道路更艰险，环境更恶劣——难以想象那时的跋涉又该如何艰苦无望。

在我的常识里，搬家这种事情嘛，总是琐碎麻烦，又累又脏。因此搬家时应该穿结实经脏的旧衣服才对。况且又是野外搬家，更是要穿得宽松随意些。再想想搬家路上腾起的尘土风沙，想到一路上照料牲畜时的脏乱，于是我坚持穿着三天前就该换下的脏衣服上路了。反正都已经脏了，无非更脏而已。同时，出发那天，脸也懒得洗，头也懒得梳，还换上了早就破掉的一双鞋子——之所以一直没扔，正是为了让它为这次搬家服最后一次役。

后来离开冬库尔那一次搬迁，我武装得尤为夸张。不但将自己塞进了全部的衣服中，外面蒙了一层雨衣，还在腰上拴了根绳子——几乎每次搬家都会绑根绳子，把里里外外长长短短层层叠叠的衣服一紧、一勒。浑身沉重又踏实。难怪街头流浪汉都会在腰上拴绳子，效果太好了。

总之，不顾一切地裹成了一棵大白菜，又厚又圆，又邋遢又紧张。

可妈妈他们呢，却恰恰相反。

只要一上路，大家都打扮得漂漂亮亮。都翻出自己平时舍不得穿的做客的压箱底衣服。这一次出发，扎克拜妈妈头一天特意洗了头发（头一天也特别冷），出发时系上自己最贵重的那条安哥拉羊毛大头巾。斯马胡力这家伙，从头一天开始就一遍又一遍地打鞋油。为了能钻进那件虽然好看但有些偏小的新夹克里，他居然没穿毛衣！于是一路上冻得缩头缩脑、龇牙咧嘴。后来我实在看不下去了，便摘下自己的棉布口罩给他。他也不嫌弃了，更顾不上客气，接过去赶紧戴上。可薄薄小小的一个口罩，能起多大的作用呢……

卡西头上几乎戴齐了自己全部的头花和发卡，还抹了厚厚的粉底（这倒是可以防风吧）。编辫子时，为了能让头发显得光滑明亮，足足淋了小半碗炒菜用的葵花籽油。

当然了，半夜刚起身就这么全副打扮了起来，接下去还得摸黑干大半夜的活儿——打包、装骆驼……于是，等天明上路时，大家都有些脏乱了。尽管如此，一个个还是远比李娟精神，远比李娟体面。

总之，大家又精神又体面地顶着猎猎寒风行进在荒凉的路途中。为了露出里面的桃红色卫衣（我刚刚赠送给她的），卡西坚决不肯扣上外套扣子。

我以长辈的口吻指责道："穿成这样，可真够漂亮的！"

她不屑地保持沉默。

天气恶劣，雨下个不停。里里外外所有衣物都湿透了。毛裤和秋裤因为吸满了水而僵硬沉重。中途下马休息时，膝盖居然一时打不过弯来。其他人就更别提了。卡西额前的碎发一绺一绺紧贴在眼睛上，脸色铁青。妈妈的浅褐色大衣因为湿透了而变成深褐色。但她神情庄重，没有一点儿抱怨和忍耐的意思。所有人都默默无言，有条不紊地照管着驼队。并不因为寒冷和大雨而烦躁，或贸然加快行进速度。

在冬库尔休整一夜，到了跋涉的第二天，突然就闯入一个大晴天！尤其到了这天中午，队伍走到群山最高处，阳光灿烂，脸庞暖暖的，头发烫烫的，身子越来越轻松舒适。雨后松林崭新，空气明亮。卡西和斯马胡力的新衣服在好天气里显得欢乐又热情。扎克拜妈妈也露出愉悦又傲慢的神情，默默地微笑。大家高高骑在马背上，牵着同样盛装打扮过的驼队，经过沿途一顶顶毡房。像是骄傲地展示着富裕和体面，像是心怀豪情一般。

唯有我狼狈不堪……外套脏得发亮，脖根处拥挤堵塞着各种衣物的领子。脚上穿的不像是鞋子，倒像是两只刺猬。途中遇到别的行人的话，扎克拜妈妈他们会拉住缰绳停下马儿愉快地打招呼，繁琐地问候。而我则赶紧打马一趟子快跑……每逢途中驼队暂停，接受沿途的毡房主人为我们准备的酸奶时，更是局促不安，无处躲藏。一个劲儿地拢头发，扯了袖子又扯衣襟，东张西望不好意思正视陌生人……为自己臃肿邋遢的穿着及腰上勒的那根绳子深感害臊。

后来渐渐才明白，搬家对游牧的人们来说，不仅仅是一场离开和一场到达那么简单。在久远时间里，搬家的行为寄托了人们多少沉重的希望啊！春天，积雪从南向北渐次融化。牧人们便追逐着融化的进程，追逐着水的痕迹，从干涸的荒原一程一程赶往湿润的深山。秋天，大雪又从北往南一路铺洒，牧人们被大雪驱赶着，一路南下。从雪厚之处去往南方的戈壁、沙漠地带的雪薄之处——在那里，羊群能够用蹄子扒开积雪，啃食被掩埋的枯草残根。——在这条漫长寂静的南来北往之路上，能有多少真正的水草丰美之地呢？更多的是冬天，更多的是荒漠。更多的得忍耐，得坚持。但是，大家仍然要充满希望地一次次启程。仍然要恭敬地遵循自然的安排，微弱地，驯服地，穿梭在这片大地上。

连长着翅膀，能够远走高飞的鸟儿不是也得顺应四季的变化，一遍又一遍地努力飞越海洋和群山吗？

是的，搬家的确辛苦。但如果只是把它当成一次次苦难去捱熬，那这辛苦的生活就更加灰暗和悲伤了。就好像越是贫穷的人越是需要欢乐和热情一样，越是艰难的劳动，就越是得热烈地庆祝啊。

于是，搬家不仅仅是一场离开和一场到达，更是一场庆典、一种重要的传统仪式。对，它就是一个节日！

既然是节日，当然得在这一天穿上最漂亮的衣服喽。当然得欢欣地，隆重地度过所有在路上的日子。

而盛装出现在新的驻扎地，则又是另外一幅充满了希望和鼓舞的画面。像是在宣告："我已做好准备！"一次隆重的到来，总是意味着生活从容而富裕地展开。另外还有骏马华服地经过沿途人家时的得体与自信——这也是希望。

不但牧人们在转场时刻需要盛装打扮，连骆驼们在那会儿也会被装点得格外神气。鲜艳醒目的红色房架子和红色檩条整齐地收拢在它们的大肚子两边，再缘着这两束木架攀挂各种重物。为了防止房架子和檩条两端在行程中被刮坏，还会像套钢笔帽一样为其套上一小截绣花的绿毡套。最值钱的几床被褥高高捆扎在驼背最显眼的位置（哪怕下雨时会最先被淋湿），绸缎的被面朝外折叠，一片金黄绯红。杂七杂八的物什外披盖着家里最美丽的那几块花毡（哪怕最容易被沿途的石壁磨损弄坏）。所有家什都穿着"衣服"。露在外面的木箱穿着木箱的方"衣服"，大锡锅穿着大锡锅的圆"衣服"。连不起眼的塑料储水壶和烟囱，扎克拜妈妈也都给它们各自做了一身合身的套子，包裹得严严实实。这些"衣服"大都用碎毡片缝成，还像绣花毡一样，在上面绣着对称的彩色图案。多么讲究啊。总之，能穿"衣服"的器具尽量给穿上"衣服"。实在遮盖不了的寒酸物什，大家也会想法子将其排得整齐利索，井井有条。

装骆驼，不只是力气活儿，还是手艺活儿呢。不但要最大限度地使物什排列得整齐有序，尽量节约空间，还得考虑骆驼是否舒服，它肚子两边的重物是否平衡，固定得是否稳当结实。最重要的是整体效果——一定要显得隆重又体面！正如毡房内各种日常物件的摆设大多有其传统的固定位置，搬家时骆驼的装载也有一套较为固定的模式。一般来说，天窗作为一个家庭稳固完整的象征（哈萨克斯坦的国徽正中央就有一个天窗形象），总是被高高架置在驼队第一峰骆驼的驼峰上（同时，第一峰骆驼总是被装点得最费心思）。如果这个家庭有漂亮的木漆摇篮，则会将其高高置放在第二峰骆驼背上。接下来的骆驼，骆峰最高处一般会醒目地顶着矮脚木漆餐桌，以及家里最大的一面煮奶的敞口锡锅（倒扣着）。一峰峰骆驼就这样浑身披红挂绿、载金载银，像一桌桌丰美的盛宴。而牵着这样一支驼队，缓缓穿行在寒冷阴暗的峡谷深处的女主人，则身披拖着长长流苏的大披肩，像女王一样庄重美丽。

　　我家人口少，家当也少。每次搬家都装四峰成年骆驼，算是比较小的规模了。每次和邻居一同出发时，为便于管理，几家人的骆驼都系成一长串。总是扎克拜妈妈牵着领头骆驼走在最前面。其他人前后跟随，照管着驼队和牛群。有时妈妈也会吩咐我替她牵一会儿骆驼。每到那时，真是风光极了！好像这几十峰骆驼全归我管似的。只可惜我蓬头垢面，邋里邋遢，看着实在不像样子。

美妙的抵达

在可可仙灵驻地，夜里仍旧只休息了三四个钟头。凌晨三点，大家就互相推醒。无星无月，四周黑得真是"伸手不见五指"。为此我还特意伸出手看了一下，确实什么也看不到。

我毫无选择地穿上了昨天的湿鞋子。但面对湿漉漉的手套，着实犹豫了一下。然而再一想，虽然是湿的，毕竟还是手套啊。戴上的话起码还能被双手焐热乎一点，再反过来护着双手。要是不戴就什么也没有了，更冷。于是戴上。再卖力地干活，拆房子、拾柴、烧茶。果然，没一会儿工夫就焐热乎了。

昨天来的几个客人，轮流叮嘱了我一遍："明天你们的路很难走，一定要慢慢骑马啊！"

难道会比哈拉苏的路更难走吗？于是我做了最坏的打算。不动声色地上路了。

天蒙蒙亮，队伍出发。结果走了五六个钟头，快中午了都一直很顺利。一路上全是起伏的坡地，只有几处上坡路有些陡滑。但都算不上特别难走。便觉得昨天那些人夸大其词了。

但过了十一点，他们说的果然没错，最难走的地方到了。

那时我们的驼队刚通过一条狭长的山谷，沿着一条仅几米宽的平静河流往西北方向走了很久很久。沿途大片大片的苜蓿草场，铺满了厚重密实的紫色花和浅蓝色花。这样的旅途真是赏心悦目。

然而一走出这条山谷，没一会儿就进入了一条干涸的旧河道。眼前顽石遍布，路面凹凸不平。驼队绕着石头小心行进。路面越来越倾斜。走到最后，觉得这条旧河道根本不是流过河的，而是流过瀑布的。有好几处路面陡得根本就是直上直下！

为了不拖后腿，我一直走在最前面。同时也很有私心：最前面的地方最安全，永远不会有石头被前面的马蹄踩松，滚下来砸到头上……

这一天的天气倒是出奇的晴好。心情分外愉快，行动也利索多了。连我的马也变得特别可爱，再也不和我犯犟了。我让它往哪边走，它就高高兴兴地往哪边走。

路像台阶一样一级级向上延伸。每到陡峭的拐弯处，必然会看见人为修补过的痕迹。大多在"之"字形的拐弯处路基下垛着整整齐齐的石头堆，以拓宽路面，并防止坡体滑塌。在这些人为的石堆里，有些石头大到一两个人根本搬不动。由此可想维修牧道的劳动是多么艰苦。同时也能想象到这个地方曾经出过多少事故，跌落过多少负重的骆驼。

现如今，很多险要的古老牧道都被废弃了。大山被一一炸开，新的牧道笔直坦阔，都可以跑摩托车和汽车了。新的牧道大大方便了牧人的出行，同时也加快了外来事物对山野的侵蚀。在那样的路上，路边随处可见形形色色的塑料垃圾。当道路不再艰险的时候，"到来"和"离开"将会变成多么轻率的事情啊。

对了，昨天斯马胡力说的"别人的路"那句话，我猜，意思大约是牧道得分散开来，每家每户都只能行走在划分给自己的转场路线上。如果所有羊群都集中在有限的几条好路上经过，那么没多久，再好的路也得被毁掉。沿途的环境也会遭到严重破坏（沿途的牧场更是被路过的牲畜吃了一轮又一轮……谁分到路边的牧场谁倒霉……）。

哪怕在坚硬的国道线上，羊群经过的路面也会被踩得千疮百孔、破烂不堪。羊是柔弱的，可它们的行走却那么强硬有力。

完全通过这条崎岖陡峭的旧河道大概用了一个多小时。紧接着就进入了一大片茂密的灌木丛中，往后是一条缓下坡的漫长小道。

这一路遍布着野生黑加仑。已经五月中旬了，万物复苏，但此处的林子还没开始扎生新叶。去年的果实全都挂在光秃秃的枝头，黑糊糊的没有边际。这些干果看着又皱又瘪，嚼在嘴里却酸香美妙，仍然完好地保留着新鲜果实的全部诱惑。

我高高地骑在马上，像坐着船游过丛林一般，整个身子浮在黑加仑的海洋里。那些果实就在手边，我边走边大把大把地捋着吃，酸得直流眼泪。我的马似乎也晓得这个好吃，它不时伸长脖子一口咬下来一大串。

穿过这片迷人的黑加仑灌木林带，再转过两座山坡，突然间，眼下情景大变。一切完全从刚才河道路上所见的情景中跳脱出来。刚才一路上全是巨大的顽石与苍翠的林木相交杂，去年的枯枝与先发芽的新绿斑驳辉映，而眼下却是一个均匀的绿色世界，像铺天盖地披了条绿毯子似的。这个世界里没有特别突兀的树木，也没有河，没有光秃秃的石头。全是绿地，全是沼泽。只有高一点儿的绿和低一点儿的绿，没有深一点儿的绿和浅一点儿的绿之分。

脚下的道路深深陷入碧绿潮湿的大地之中，又那么纤细，仅一尺宽。如果两匹马想并排前行的话，就得各踩一条路。这样的路非常多。一条挨着一条，平行着延伸。顺着山坡舒缓的走势优美匀称地起伏着，遍布了整面大地却纹丝不乱。这就是羊走出来的路。羊群看似混乱地轰然前行的时候，只有走过的路为它们记录下了它们所遵循着的强大从容的秩序。

由于路面潮湿，泥土又黏又细，在此处骆驼很容易打滑。在过沼泽的时候，有两匹骆驼先后倒下了。只见它们侧翻在路边，被身上的负重压得动也动不了。大约刚刚经历过漫长艰难的路途，一进入平顺的路面，反而放松了警惕。

这样的路倒不担心会有什么危险。为了抓紧时间在天黑之前赶到我们的长驻地——冬库尔牧场，两个男人没有给它们减负。他们拽着缰绳，一边扯一边推，硬把它们从草地上拉了起来。它们柔软的鼻孔又一次被扯破了，血流个不停。

中午之后，天空完全放晴了。阳光普照，感觉像做梦一样。又好像很久很久都没有见过万里无云的广阔天空了。

这时，我听到扎克拜妈妈在身后唱起了歌。

我骑在马背上，背朝着她，用心地听。一动也不敢动。似乎扭头看她一眼都是打扰，都会伤害到这脆弱的歌声。

妈妈经常唱歌，但从没听她唱过这首。曲调很无所谓地流露着忧愁，音律绵长而平静。内容似乎与爱情、离别、怀念有关。远离家乡很多年的人才会唱这样的歌吧？充满了回忆，又努力想要释怀。

在寂静的山野里，在最后一段单调却轻松的行进途中，这歌声真是比哭声还要令人激动。大约传说中美丽的冬库尔快到了，我们即将真正远离之前所有的痛苦了，妈妈才总算安下心来。

虽然我的马不时地打滑，害我好几次差点儿掉下去，但我一点儿也不害怕。这样的地方，就算掉下去，也是舒舒服服地跌进草丛深处。

过了一个多小时我们才完全穿过这片绿意浓黏的毛茸茸的沼泽地。渐渐地，驼队沿着羊道又走向了高处。翻过一道达坂后，折入一条美丽平坦的山谷，踏上了一条宽宽的、有汽车辙印的石头路。沿途陆续出现了一些木头房子，都是以完整的圆木横垒着起墙搭建的。其中一座居然还抹了墙泥，刷了石灰。由于偏在山野，尤其显得豪华又明亮。原来这条山谷是一处深山定居点（可以四季生活的地方）。定居区和游牧地区到底不一样啊，人居气息浓郁。虽然一路走到头也没见着几个人，总共也不过十来户人家。

他们的牛圈全都依山势而建，嵌在山石缝里。看上去结实极了。不远处传来孩子们驱赶牲畜的吆喝声，却不见人影。在一座小木屋前，停放着一辆破旧的三轮童车。

其间还经过了一长溜狭长平整的山间平地，两三家人聚居此处。住的也是木屋。路的左侧是河流和白桦林，右侧路边全都修建着木桩围栏。围栏蜿蜒而下，保护着路边的绿油油的人工种植的草料地，防止牲畜入侵。木桩内的蒲公英花开得尤其健壮，色泽浓艳，一片一片，黄到发橙。真美啊！似乎我们再多停留一分钟，定会看到神仙出现。

看这条山谷的地势和走向，冬季里一定是避风的温暖之地。

河水流经白桦林后，被劈为好几股。每一股河水都深深陷落在狭窄的河道深处。水两岸的草又长又密实，几乎完全遮住了河流。只听得水声哗哗，看不到水的流动。林间残雪斑驳，对岸山脚阴影处更是堆积着厚厚的白雪。

在山谷尽头，驼队再次翻过一处狭窄的隘口。一下山，发现我们赫然出现在森林中。四下到处都是西伯利亚云杉，偶尔夹杂着几丛躯干如银子一样耀眼的白桦树。

路边不时凸出怪石，令道路为之拐弯。那些巨大的石块铺着黄绿斑驳的石苔，一层一层叠在路旁的山体上。上面匀称地分布着整齐光滑的洞口。

一路上布谷鸟叫声空旷。林深处水流浅细。水边的小路阴暗而碧绿。

我的马儿大概肚皮痒痒了，最喜欢紧贴着路边的树，蹭着走。害我的外套被树枝挂破了好几处，头发也被挂得乱糟糟。

有好几次它还特意从那些树枝垂得很低的地方走过。它倒是能从下面顺顺当当地通过，我在上面就惨了——眼看着粗大的枝干横扫过来，却怎么也勒不住马！它好像完全忘记了自己背上还有个人似的。

经过一些路边的大石头时，它会停下来侧过脸在石头上蹭啊蹭啊。我想它脸上一定被小虫子咬了，便从经过的大树上折下树枝，俯下身子帮它挠痒痒。谁知此举竟惊着了它，令它猛地跳跃起来。颠得我心都快撞进胃里去了。

最后这一路，我撇下驼队独自远远走在最前面。遇到岔路口就勒马停下，等待后面的队伍。若遇到两条路平行向前，就煞有介事判断一番，再引领马踏上那条看起来好走一点儿的路。

后来才发现自己真是瞎操心。马聪明着呢，自己的路自己有数。驻地在哪个方向，哪一段路面有水流，哪一条有点绕……全都清清楚楚，无须李娟多事。

而李娟选的路呢，往往看起来很平顺，走到一半才发现陷入了一大滩泥沼。

而马强烈要求走的那条路（就是怎么抽打也不回头）看上去坑坑洼洼，却越走越顺。而且据我目测绝对是近道。

总之，剩下的路程真是愉快啊，连马儿都那么快乐。

等穿过最后一片白桦林，我一眼就看到了两山夹峙间紧挨着森林的、狭窄而明媚的冬库尔。